スライム倒して300年、
知らないうちに
レベルMAXになってました
22
She continued destroy slime for 300 years
Morita Kisetsu
森田季節
illust. 紅緒

たまには一人で

さすらってきます

ナーガの鑑定騎士団員
ソーリャ
死神
オストアンデ

人魚の船長
イムレミコ
ドライアドの賢者
ミユ

白を追求し続けた
ワタシが黒い服を着ました!!
服を変えただけか。
ろくに変わってないのだ

劇的変化
です！

Contents

Story by Morita Kisetsu Illustration by Benio

She continued destroy slime for 300 years

スライム倒して300年、知らないうちにレベルMAXになってました22

アズサ・アイザワ（相沢梓）

主人公。一般的に「高原の魔女」の名前で知られている。
17歳の見た目の不老不死の魔女として転生してきた女の子（？）。
いつの間にか世界最強になっていて大変な目に遭いもしたが、
そのおかげで家族が出来てご満悦《まんえつ》。

継続はパワーなり。
継続できることとしかしません！

義理のお母様、
世界は真っ白であるべきです！

シローナ

ファルファ&シャルシャの後に生まれたスライムの精霊。
警戒心が強く、アズサを義理の母親扱いしてあまり懐かない。
既に一流の冒険者として活躍しているが、白色を偏愛するという
奇癖を持つ。本書掲載の外伝「辺境伯の真っ白旅」の主人公。

ファルファ&シャルシャ

スライムの魂が集まって生まれた精霊の姉妹。
姉のファルファは自分の気持ちに
正直で屈託《くったく》がない子。
妹のシャルシャは心づかいが細やかで
気配りが出来る子。
二人ともママであるアズサが大好き。

ママー、ママー！　ママ大好き！
……体は重くとも、心は軽くあるべき

アズサ様、今日も誠心誠意、精進いたします！
フラットルテはライカより頑張るのだ！

ライカ&フラットルテ

高原の家に住むレッドドラゴン&
ブルードラゴンの女の子。
ライカはアズサの弟子で頑張り屋の良い子。
フラットルテはアズサに服従している元気娘。
同じドラゴン族なので何かと張り合っている。

ハルカラ

エルフの娘で、アズサの弟子。
キノコの知識を活かし会社を経営する
立派な社長さんなのだが、高原の家では、
ところ構わず〝やらかし〟てしまう
一家の残念担当に過ぎない。

さぁ、今日は
何を食べましょうかね♪

ベルゼブブ

ハエの王と呼ばれる上級魔族で、魔族の農相。
ファルファとシャルシャを
まるで姪っ子かのように愛でており、
魔界と高原の家を頻繁に行き来している。
アズサの頼れる「お姉ちゃん」。

わらわの名はベルゼブブ！
魔族の国の農相じゃ!!

アタシ、姐《ねえ》さんに
ずっとついていきます！

ロザリー

高原の家に住む幽霊少女。
幽霊である自分を遠ざけず、
手を差し伸べてくれたアズサに心酔している。
壁を抜けられるが人は触れない。
人に憑依する事も可能。

サンドラ

マンドラゴラの女の子。三百年育った末に
意志を持ち動くようになった存在。
れっきとした植物で、高原の家の
家庭菜園に住んでいる。意地っ張りで
強がっている事も多いが、寂しがりな一面も。

私は庭に生えてる
だけだからね！　がお〜！

ペコラ（プロヴァト・ペコラ・アリエース）

魔族の国の王。その権力や影響力を使って
アズサや周りの配下を振り回すのが
大好きな、小悪魔的気質を備えた女の子。
実は「自分より強い者に従属したい」という
マゾ気質を備えており、アズサに心酔している。

クールな雰囲気の
魔女のお姉様、最高ですぅ

すいません。妹がいいかげんな性格で……
あ〜、上司のお金で温泉行きたいな〜

ファートラ&ヴァーニア

ベルゼブブの秘書を務めるリヴァイアサンの姉妹。
巨大な竜の姿に変身でき、アズサたちの
魔族の国への送迎やお世話を担ったりも。
姉のファートラはしっかり者で有能。
妹のヴァーニアはドジっ子だが料理が得意。

ミスジャンティー

松の精霊。
昔から結婚の仲立ちをする存在として
信仰されていたものの、最近は風習そのものが
廃れてきており焦っている。アズサたちと
知り合い、フラタ村に神殿（分院）を建てた。

結婚式パックは
いろいろと用意してるっス！

ノーソニア

服飾業を営むクロウラーの少女。
幼虫時（230年ほど前）にアズサに
命を救われ、その恩返しにと服を作りに
高原の家にやってきた。
同じく事業を営むハルカラやエノと話が合う。

おかげでワタシは無事に
大人になれました！

こちらはトロッコ世界の王子様、
トロッ君です

タラコスパゲ

重たいツインテールが目立つドワーフの女の子。
力自慢鉱山会社の社長であり、
おしとやかな性格のお金持ち。
実はマコシア負けず嫌い候の末裔でもあり、
キャンヘインとは遠い親戚にあたる。

カーフェン

運命の調整や設定を司る女神様。
〝運命の神〟というキャラにこだわっており、
キザでくどい言い回し好むため、話が長い。
おかげで友達が少なく、
アズサと知り合ってからは時々絡みにきている。

君が考えていることはわかる。
話が長いなとおもっているよね

クロウラーのレースに出た

She continued destroy slime for 300 years

話は少しさかのぼる。

その時、私は魔族《まぞく》の土地に行って、ノーソニアの経営している服飾の店を物色していた。

「お子さん向けの服だと、このあたりはどうでしょうか?」

ノーソニアにオススメを教えてもらう。

こういうのは自分だけであれこれ考えずに、プロに聞くほうが確実だ。

「うん。悪くないんだけど、ちょっと派手《はで》かもな。あっ、これはかなりいい」

「アズサさん、それは翼が生えてる種族向けなので、背中に穴が空いてます」

「ほんとだ……。なかなかこれだっていうものには出会えないな」

ノーソニアと一緒に子供向けのいい服を探していたのだけど、これがちょうどいいというものを見つけるのは難しい。

しかも、子供たち自身はこの店に来てないので余計に決めづらい。

「こういうの、住んでる環境も大事なんですよね。高原の風土に合ってるかどうか、地元のファッションから浮きすぎてないかどうか、そういうことまで考えたうえで、これがいいというのを選ぶのは大変ですよ」

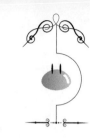

かる気がする。

「だね。こうも決まらないとは……」

服選びというのは、ばっちりという気持ちになりづらいものだ。制服というものができたのもわかる気がする。

「また、今度来るよ。今の私の生半可《なまはんか》な気持ちだと、娘たちが着たいと思う一着を選ぶ自信がない」

親が服を買ってきたけど結局子供が着たがらないというのは、あるあるだからな。このままだと、そういう事態に陥《おちい》ってしまいそうだ。

「それがいいですね。この手のものは焦《あせ》るとろくなことにならないですから。急ぎすぎてはいけません。急ぐのはレースぐらいでいいです」

その時、ノーソニアが「あっ」と何かを思い出したように、口を開けた。

それから、カレンダーをチェックする。日程を忘れたものでも思い出した？

「アズサさん、来月、クロウラーのレースがあるんです。今年は遠い親戚《しんせき》も出るんです。よかったら見に来てください」

「クロウラーのレースって、蝶《ちょう》みたいな姿で飛んでいくってこと？」

ノーソニアの見た目からそうかもと思ったのだが、手を横に振られた。

「いえ、幼虫の時代です。地面に這《は》いつくばってる時代ですね」

私の頭には、何体もの青虫が地面をのそのそ動いている様子が浮かんだ。

すっごく、地味そう……。

それと、クロウラーたちも自分のことを幼虫と呼ぶんだな。

亀を走らせるレースとか、それこそ前世の保育スペース的なところだと人間の赤ちゃんによる、はいはいレースだってあったし、遅くしか動けない動物でのレースも成立することはわかる。わかるけど、面白《おもしろ》いかどうかは別だ。

亀のレースがあるからといって、わざわざ見にいこうとは思えん。

これは断るか……。

「そのレースの前後にお店に来てもらって、地元で流行《はや》ってる服の傾向とか、お子さんの好きな色とか、教えてもらえれば、これだという服もご用意できると思います。お子さんを直接連れてきてもらってもいいですよ」

ああ、なるほど。子供の服で再戦するために行ってもいいのか。

「そしたら、服を見るついでにってことならいいよ。ただ、先に断っておくけど、私の優先順位だと服選びのほうがクロウラーのレースより上だからね？」

せいぜい、のそのそと十メートルだか、二十メートルだかを這って進むのだろう。

余興にはいいけど、メインイベントには向かない。

「アズサさんが考えてるよりはきっとレースもですけどね。でも、魔族の中でも地味なものだと思ってる人のほうが多いんで、人間の土地で知られてないのはしょうがないです。今回は宿駅伝《しゅくえきでん》でも使われている心臓破りの五区を含んだ十周です」

「えっ？　十周？」

ルートが苛酷《かこく》ということよりも、距離のほうでびっくりしてしまった。

宿駅伝は道がループしてるわけないので、完全に宿駅伝と同じということはないのだろうけど、どちらにしろ、人間が徒歩十分で一周できますなんて距離ではないと思う。

そんなの、クロウラーが這って十周もしたら、何日かかるんだ……？

「やっぱり、時間がかかりそうだなって顔をしてますね。当然、一日で終わるからご心配なく」

そりゃ、何か月もかかるレースなら、この日に来てくれなんて話にもならないか。

「とりあえず、日程はわかったから、行ってみるよ」

◇

翌月、私はライカとフラットルテに娘たちを分乗させて魔族の土地へ向かった（なお、ハルカラとロザリーは同じタイミングで人間の土地での旅行に出た）。

娘の服選びは子供たちを連れていったおかげで、すんなり決まった。やはりこういうのは、本人がいないところで選ぶべきじゃないな。サプライズとかを除けば、本人の意見で確定させるべきだ。

そして、ノーソニアとともにクロウラーのレースが行われる、「心臓破りの五区」へと移動した。

別にクロウラーのレースには五区も一区もないのだが、宿駅伝の記憶で考えてしまう。

会場は五区の終わり、つまり往路のゴール地点だ。

山の上の平坦地《へいたん》なので、宿駅伝の時同様に魔族が集まっている。魔族といっても、当然ながらクロウラーが多い。そのクロウラーもいわゆる成虫と幼虫が両方いるけど。

「クロウラーは見た目が違いすぎて、呼びづらいのだ」

フラットルテが文句《もんく》を言ったが、それはそのとおりだと思う。

ノーソニアは選手がいるエリアのほうに行って、ゼッケンみたいなもののついている幼虫のクロウラーと戻ってきた。そういえば、遠い親戚が出場するんだよね。

「この子が今年出るんです」

幼虫クロウラーは普通サイズの昆虫とは比べ物にならないほど大きくて、全長二メートルはあった。

ここから人間の大人ぐらいのサイズの成虫になるわけだから、こういうサイズは必要なんだろう。

「こんにちは、アービニスです」とそのクロウラーが言った。

この形態でもしゃべることはできるらしい。

もっとも、それよりも意外に思うことがあった。

「こんにちは、アズサです。けっこう、速いんだね」

そう、ノーソニアと一緒にやってくるアービニスは普通の人間と同じ速度でやってきたように見えた。

「えっ？　歩いてきただけですけど……」

私の指摘がおかしかったのか、困惑させてしまったようだ。

「ほら、昆虫と一緒に考えてますね。違いますよ。そんなに遅かったら生活できませんから～」

ノーソニアが笑っていた。

「そっか。人と同じ速度で動けるなら、レースも一日で終わるよね」

つまり山岳レースみたいなものなのだろう。それなら、おかしくない。

「ねえ、この服はチームを示してるの～？」とファルファがアービニスに尋ねる。ゼッケンのことを言ってるんだろう。

虫が苦手《にがて》な人なら、幼虫のクロウラーは夢に出てきそうなインパクトがあるかもしれないが、ファルファもシャルシャも興味しかないらしい。

「これは、スポンサーです。わたしのスポンサーはボードリア・チーズ店ですね」

スポンサーまでついてるのか。けっこう本格的だ。レースをわざわざ見に来いとノーソニアが言ったのもわかる。

「今回は一位を目指してます。レースは大人になりきる前にしか出られないので」

たしかにノーソニアみたいな姿のクロウラーが飛ぼうが、走ろうが、インパクトは小さくてイベントにならなそうだ。というか、全魔族共通の大会に出ろと言われて終わりだろう。これは青虫にしか見えない幼虫のクロウラーだけができるレースだ。

「とても、やる気が感じられる。立派、立派」

シャルシャが腕組みしながらうなずいていた。

ちなみに、サンドラはずっと私の後ろに隠れている。巨大青虫は怖いようだ。

「かじられそうで、落ち着かないわ。しかもサイズが破格だし……」

これは見た目が苦手というものじゃなくて、植物の本能的なものだから、どうしようもないな……。

と、そこにノーソニアみたいに成虫姿のクロウラーが走ってきた。大会のスタッフだと思う。

「大変です！　アービニス選手に乗る予定の騎手が体調不良で出られないと連絡が！」

「えっ？　このタイミングで！」とノーソニアのほうがアービニスより激しく反応していた。

「騎手もいるんだな。だけど、これだと棄権になりそうなのだ」

参加するわけではないフラットルテは他人事《ひとごと》みたいな反応だけど、出走するアービニスにとったらシャレにならないだろう。私としてはうかつに声をかけていいかもわからない。

ノーソニアはアービニスと何やらぼそぼそ話している。

アービニスのほうの表情は、クロウラーでない私からはよくわからないけど、落ち着いてはいられないだろう。

ちょっと、いたたまれないな。代役の騎手でもいてくれればいいけど。

「自分一人で参加するわけではない大会にはこういうアクシデントがありますね」

ライカも心配げに様子を見守っている。

たしかに騎手の体調まで管理できないし、どうしようもない。

と、ノーソニアが私のほうにやってきた。

出場できないという話かと覚悟した。

でも、ノーソニアの顔は悲嘆にくれたものじゃなかった。


「アズサさん、騎手をやってください」

「私が!?　モロに未経験だよ！」

競馬で騎手が足りないからって観客を乗せたらダメだろう。

「騎手と言っても、操作などは何も必要ありません。クロウラー・レースにおける騎手はおもりの役割なんです。軽すぎるとクロウラーが自分を制御できなくなるので」

「なんか、重いって言われてるみたいで、それはそれで癪《しゃく》だな……」

「当然重ければいいというわけではないです。重ければ遅くなりますし。むしろ、アズサさんはやせているからちょうどいいなと思ったんです。ドラゴンの方は、見た目は軽くても、本体は巨大なドラゴンですし」

ライカから「体重のことを言わないでください！」とムッとした声が飛んできた。ドラゴンも体重を気にするのか。

そういや、ドラゴンの体重を考えたことがなかった。ゾウやクジラの体重が気にならないようなもので、ドラゴン形態のサイズを知ってるから、よく食べるという意識で止まっていた。

アービニスもこちらにやってきた。

「よろしくお願いいたします。アズサさんにも、必ず一位をプレゼントしますので」

そこまで言われたら、やめておくとは言えないな。

「わかった。最速でゴールしてね！」

こうして、クロウラー・レースの騎手をやることになりました。

乗っていればいいだけなので、宿駅伝の時と比べれば気は楽だ。観客も乗ってるだけの役割の奴《やつ》を注視しないし。

前世の運動会でもおんぶしながら走るような競技ってあったっけ？　どっちかというと、余興に近いものだと思うけど。

スタート地点には、合計八体のクロウラーが並んでいる。

これだけ集まってると風の谷のアニメを思い出してしまうのだけど、あの映画に出てくる虫ほど不気味《ぶきみ》ではない。

「振り落とさないように気をつけて走行しますが、アズサさんも注意はしておいてくださいね」

アービニスが語りかけてくる。

「わかった。もしかして、騎手が落下すると失格だったりする？」

「再び乗せて走ればいいんですけど、大幅なロスになることは間違いないです」

「うん。気をつける。振り落とすってぐらいの速度を出すって、その意気やよし」

さっきの感じだと子供が走るぐらいの速度は出るんじゃないかな。アービニスが傾《かたむ》いた時に転げ落ちないようにしなきゃな。先日、フェニックスに乗った時と比べれば乗り心地は悪いけど、その分、安全だ。

ヴァンゼルド城下町からそこまで離れてないせいもあって、観客は相当な数だ。クロウラーだけが関心を持つなごやかなイベントという様子ではない。

いくつかの地点を映すモニターみたいなアーティファクトも用意されている。

そして、スタートを示す旗が振り下ろされる。

さあ、行け！

どのクロウラーも序盤から加速している。

前世なら山道での法定速度を軽く超えてるだろうってぐらいに。

………ん？

それって時速何十キロは出てるってことになるよね……？

クロウラーの幼虫って、そんな車みたいな速度を出せるの……？

山道ならではのカーブが目の前に迫るが、どのクロウラーも体を大きく傾けて、ドリフトするようにそこを乗り越えていく。

「いやいや！　ガチの車のレースみたいになってる！」

「クロウラー・レースはそういうものですよ」

冷静な声でアービニスが言った。

その横で、クロウラー一体がガードレール的なものに激突していた。

騎手の魔族が吹き飛ばされて、悲鳴をあげながら崖《がけ》のほうに落下した。

「一体、事故りましたね。峠のカーブは危険も多いです」

「峠が危険というか、山道でこんな速度出すのが危険だよ！」

体感では時速八十キロは出てるのでは。

山道で自動車が出したら絶対にアウトな速度だ……。

「体調不良で騎手が急遽《きゅうきょ》来られなくなったと聞きましたが、おそらく仮病でしょう。事故が怖くておじけづくケースは多いので」

「先に言ってほしかった！」

「ノーソニアのおばさんは言ってなかったんですか？」

「言われてない……」

情報が正しく伝わってなかった。

また背後で壁に激突したような音がした。

これ、八体での勝負のようだけど、完走できるのは半分未満ってことになりそうだな。


デタラメなレースの中で、一周目から三体が脱落するという波乱のコース運びになった。

実際の速度はよくわからない。とにかく速いことだけはわかる。ガードレール的なものにぶつかると、突き破って落下するぐらいには速い。

私が投げ出されても大ケガをすることはないと思うが、それでもあまり楽しいものではないな……。無事故で最後まで完走してもらいたい。

最初のうちは「ひゃああ！」と悲鳴をあげたこともあったけど、じわじわ慣《な》れてきた。それに危険なレースだが、アービニスの運転（いや、厳密には自分の体で動いてるんだけど）技術が高いこともわかってきた。

今はアービニスにすべて任せる。

二周目を終えたところで、アービニスは二位。

二位といっても、一位のクロウラーのすぐ後ろを追走している。

私はちらっと後ろを振り返っただけど、三位から先は来てないのでこの二体での争いになる。

ていうか、三位がまだ走れているのかも謎《なぞ》だ。事故を起こして走行不能になってるおそれもある。

道幅が少し広い場所だと、一位と二位がほぼ並ぶ。

相手の騎手と並ぶ。というか、それは騎手というより、クロウラーにくくりつけられた板――いや、モノリスだ。

『やはり、アービニスが競《せ》ってきたか。だが、こちらも負ける気はない』

モノリスの側面に文字が表示される。

「文字、側面にも出るんだ！　ていうか、騎手が落ちないように縛るとかアリなの？」

もはや騎手ではなくて、荷物のカテゴリーだぞ。

『ルール上は可能だ。それにこれは騎手の勝負じゃなくて、クロウラーとの勝負』

「それは紛れもない事実なんだけど、モノリスに言われるの、納得しかねるな……」

『おっと、急カーブだ。しゃべると舌を噛《か》むぞ』

たしかに急カーブが来ていた。

どちらのクロウラーもドリフトで速度を落とすことなく、曲がる。

これは振り落とされそうになる！

『よくついてくるが、そちらが走るのはアウトコース。どこかで仕掛けないとずっと二位のままだぞ』

モノリスが煽《あお》ってくるのがウザいけど、それはその通り。山道は基本的に狭いので、追い抜ける場所はほとんどないのだ。

直線らしい直線はスタート地点の前後ぐらい。そこでわずかに前に出たところで、アウトコースからでは相手の真ん前に出て進路をふさぐというほどの差はつけづらい。それではまたカーブでインを取られてしまう。

「問題ないです。離されているのでなければ、テクニックで勝負できます」

「わかった。私は乗ってるだけだから、全部任せる……」


そのまま、アービニスは一位のクロウラーをぴったりとマークし続けた。

離されることもないが、一位のクロウラーもミスをしないので逆転するチャンスも訪れない。

そして、ついに残り一周になった。

まだ離されていないが、どうする？

先には下り坂の急カーブが目の前に待ち構えている。ほかのクロウラーが曲がり切れずに崖に転落した箇所だ。

「どうする？　ここで抜けないときついけど……敵もがっちりインコースをガードしてるよね……」

「アズサさん、右手を離しておいてください」

「へっ？」

「手を側面につけていると、はさまれます！」

すると、カーブに向けて、アービニスはギアを上げる（クロウラーの中にギアがあるわけがないので、あくまでもたとえです）。

「そんなにスピード出したら崖に落ちるって！」

「落ちません。――衝突はするかもしれませんが」

すると、アービニスは強引《ごういん》にインに入っていく。

壁と一位のクロウラーのスレスレを行く。

いや、むしろ、すれている！

「壁にもクロウラーにもぶつかってる！　大丈夫《だいじょうぶ》なの、これ!?」

「これぐらい、耐えられます！　あと少し！」

そして、ついにカーブを回ったところで――アービニスが一位に立っていた。

「おおお！　すごい、すごい！」

「さあ、残りを走り終えるだけですね」

アービニスはさらに速度を上げて、完全に相手を離しにかかる。

時折、安全な展望台で見守る観客からの声援も聞こえる。「あそこで差し込みやがった」とか「チーズの店のクロウラーすげーな」といった声が耳に入った。そっか、チーズの店のゼッケンつけてたな。

しかし、敵もこれで諦《あきら》めたりはしていないだろう。残り少ないチャンスを狙《ねら》ってくるはず。むしろ、すぐに仕掛けてこないほうが不気味な気さえする。

レースは最終盤の、直線に差し掛かった。この直線の先がゴールだ。

まだ、かろうじて一位だが、ここは直線なうえに道幅が広い。敵は確実に最後の勝負に出てくるだろう。

読みは当たった。案の定、アウトコーナーから相手が加速して迫ってきた。

『今までカーブで抜こうとしなかったのは、この直線でけりをつけるためだ』

モノリスの側面に文字が表示される。そんな思惑言っていいのか？　でも、最終盤だから、ここで手の内を語っても関係ないな。

それに今更《いまさら》、策も何もない。どうせ意地と意地のぶつかり合いだ。

「アービニス、好きなだけやって！」

私はアービニスの邪魔《じやま》にならないように頭を下げる。空気抵抗を減らすのだ。

アービニスも黙って、速度を上げにかかる。

だが、敵もぴったり横に張りつく。

残り百メートルか？　本当にギリギリの勝負だ！

その時、隣のクロウラーの顔が縦《たて》に割れた気がした。

そこから出てきたのは成虫のクロウラー！


「羽化しちゃったーっ⁉」


ていうか、サナギの時期ってないのか……。

そのクロウラーはモノリスが乗ったままの抜け殻を放置して、前に射出されるように突き出た。

そして――

一瞬早くゴールラインに到達した！

あああっ！　負けた！　アービニスのほうが遅かった！

しかし、減速するアービニスのほうに駆け寄ってくるノーソニアやほかのクロウラーの面々はまったく悔《くや》しそうではなかった。

「優勝おめでとう！　見事な走りでしたね！」

そう、ノーソニアが言った。

「ありがとうございます。最後までわからない戦いでしたが、なんとか勝てました」

アービニスの反応もそれをおかしいとは思っていないものだ。

あれ？　アービニスが触角でも前に出して、ゴールしてたりした？

ちなみに羽化した選手の反応はどうだろうと思ったら裸《はだか》なのが恥《は》ずかしいらしく、路面に捨て置かれていた自分の抜け殻に入っていくところだった。そういや、羽化した直後は裸だった。

少なくとも、勝ったぞと気炎《きえん》を上げている感じはないな。

ノーソニアは私の表情で何か悟ったらしい。

「先に敵がゴールしたと思いました？　あの選手は羽化しちゃったので、失格です。途中棄権扱いですよ」

「そういうことか！」

冷静に考えれば、自動車レースで、最後に空を飛んだようなものだし、反則に決まっているか。

「あのさ、クロウラーってサナギの時期はないの？」

「それは地面を這ってる時期に済ませて、大人になってしまって、殻を破ります。動けない時期があると効率が悪いので、そういう進化をしたんですかね」

「ある意味、理にはかなっているか」

動けない時期に攻撃されたらどうしようもないわけで、その期間を減らそうとするのは生物として当然の変化かもしれない。

「大人になってしまえばレースには参加できませんからね。このレースに出られるのは子供の特権なんです。わたしも次のレースに出られるかわかりません」

「そっか、タイムリミットがあるんだね」

私はアービニスを撫《な》でた。

「優勝おめでとう。素晴《すば》らしい走りだったよ」

「では、次のレースでも騎手をお願いします」

私の返答には少し間が空いた。

「怖いので、できれば遠慮したい」

山道で危険なレースしてるようなものだからな……。

乗り物のレースは見るのはいいけど、参加するのは危険だなと思いました。

◇

レースを観戦していたフラットルテは、見事にクロウラーレースにはまり、開催の日付をチェックしたり、レースについての本を買ったりするようになった。

ライカは「競技に罪はありませんが、危険なうえに速いですし、ああいういい加減な人がハマりそうな要素を備えていますね」と苦い顔で評した。

そんなことないよと言いたいところだったけど――

「当たらずとも遠からず、かな……」

しばらく、地面を歩いてる小さな青虫を見ても、やけに遅く感じるようになりました。

呪《のろ》いの鏡から依頼が来た

She continued destroy slime for 300 years

先日、学校の七不思議《ななふしぎ》みたいなものに巻き込まれたばかりだけど、また似たようなことに巻き込まれる羽目《はめ》になった。

ただ、順序が学校の七不思議の時とは逆なのだ。

今度は、いわば学校の七不思議側から注文が来たのである。

とはいえ、学校の七不思議側から高原の家にアクセスしてくるわけはないので、ちょっとこの経緯がややこしい。

どうでもいいけど、「学校の七不思議側」って表現、長いな……。

◇

先日、鑑定騎士団であり、『古道具　一万のドラゴン堂』を経営するソーリャが高原の家にやってきた。といっても、ふらっとやってきたというわけではなく、私の家族が彼女を呼んだのだ。

「いや〜、おかげ様で、ハルカラ製薬博物館でどの美術品を購入するべきかが決まりました！　ソーリャさん、ありがとうございます！」

「いえいえ。よい美術品の散逸《さんいつ》を防ぐためにも、博物館に購入してもらうのはよいことなのですよ」

そんな話をハルカラとソーリャがダイニングでやっている。

そう、ハルカラの博物館で新たに買う美術品の選定にソーリャが携わっているのだ。

ハルカラは美術に詳しいわけではないので、偽物をつかまされたりしないためにも助言をくれる役は必要だ。よい人選だと思う。

私はおもてなし用のお茶の用意をしている。自分も飲むので三人分だ。

「それにしても、ソーリャさんは人間の土地の美術品にもお詳《くわ》しいんですね。おかげで助かりました」

「ええ。人間の土地にもちょくちょく足を延ばしますよ。先日も依頼を受けたのですよ」

「依頼？　人間のコレクターとか？」

私は二人の話に口をはさんだ。

ティーカップをテーブルに置いて、そのまま席につく。

「アズサさん、コレクターではないのですよ。依頼内容は『近頃《ちかごろ》、暇なので話し相手がほしい』というものなのですよ」

「えっ……。そんな悩み相談みたいなものまで受け付けてるの……？」

骨董商《こっとうしょう》にお願いする内容としてはかけ離れすぎている。イタズラ扱いされても文句《もんく》は言えない。

「いえ、普段は受け付けてはないですよ。ただ、いい商品がないかの調査中だったのですよ」

「ああ、なんとなくわかった。お得意様が変な話を振ってきて、はねつけるわけにもいかないとか、そういうことでしょ」

骨董商なんて不特定多数に売るというより、いくつかの太い客がいて成り立っているものだから、お得意様の無理難題にそっけない態度も取りにくいのだと思う。

「いえ、話し相手がほしいというのはお客ではないのですよ」

「へ？　じゃあ、本当にいきなり話し相手がほしいって言ってきた人がいたってこと？」

全然、話がわからない。

ハルカラも何の話をしてるんだろうという顔をしている。

「調査してた場所で購入した安物の絵にメッセージが出ていたのですよ。話のタネになるかと思って、その絵を持ってきたのですよ」

ソーリャが絵を取りに一度、席を立った。

「絵にメッセージが出るって何のことですかね？　落書きでもされたんでしょうか？　だとしたら、絵が安物とはいえ、ひどい話ですよ」

私もそのハルカラと同じ気持ちだ。事情があったとしても、絵にメッセージを記入するのは論外だろう。

ソーリャが額縁のついてない油絵を持ってきた。ぱっと見、ただの風景画っぽいが。

そしたら、ふにゃふにゃのゆがんだ文字でこう書いてあった。

最近、人が来なくて暇なので、話し相手がほしい。
いわくの塔在住　呪《のろ》いの鏡　より

「呪いのメッセージじゃん！」


なにせ、自分から「呪いの鏡」と書いているので確実だ。

いや、この場合、呪いを主張してる奴《やつ》のメッセージなのだろうか？　内容は呪ってやるみたいな、おっかないものではないし……。珍しいケースなので判断しづらい。

「お師匠様、この絵の水辺の部分、うっすら人の姿みたいなのが映ってませんか？　髪の長い女の人です……」

「変なもの見つけないでよ……。あっ、たしかに何かいる……。髪が邪魔《じゃま》で表情は見えないけど、白い服で立ってるな……」

典型的な幽霊の姿と言っていい。この世界で典型的なのかは不明だが。

「その塔にある美術品をまとめて買い受けたのですが、そんなものは元の絵には描かれてなかったのですよ。呪いの鏡のせいなのですよ」

「まさか美術品にメッセージを残してくるとは……。しかし、いわくの塔って名前からして、おどろおどろしい話が残ってそうだな」

「地元の人間から聞いたところ、こういう伝説があるのだそうですよ」

きっと、悲劇が伝わっているんだろうな。

「『この塔にカップルで来ると必ず別れる』と」

「そういう、いわくかい！」

たしかに、その手の伝説も聞いたことあるけど、意味合いが違うだろ。

「この塔は、カップルで行く心霊スポットとしてにぎわった時代もあったそうなのですよ」

「心霊スポットがにぎわってはダメなんじゃないですか？」

ハルカラがまっとうなツッコミを入れた。

「しかし、不便な場所にあるために、ほかの心霊スポットにお客を取られて、寂《さび》れてしまったのだそうですよ」

「心霊スポットとしては、不人気なぐらいがちょうどいいのでは」

また、ハルカラが手堅くツッコミを入れる。

一時間待ちの心霊スポットって、おかしいもんね。

「しかし、呪いの鏡が人が来なくて寂しいと言ってる以上、人には来てほしいみたいなのですよ」

「たしかに、呪いの要素のほうが言ってるね！」

どういうことだろう。不人気すぎるお化け屋敷みたいな気持ちなのだろうか。

寂れて怖いというのは意味が違うので、適度にお客に来てほしいみたいな。

「ソーリャさん、ところで、肝心《かんじん》の呪いの鏡っていうのは何者なんでしょうか？　呪われてる鏡ってことは呼び方から判断できるんですが」

そういや、呪いの鏡ってどういうものなのかを聞いてなかったな。

心霊要素のほうから人を募集してるのが特殊すぎて、心霊要素についての意識が二の次になっていた。

「地元の人から聞いた話なのですが、呪いの鏡はいわくの塔の最上階にあるそうですよ。その鏡を覗《のぞ》くと、自分の姿が映らず、不気味《ぶきみ》な長い髪の女が映るという話だそうですよ」

うわあ、いかにもありそうな話だ。

「そして、自分の家に帰って鏡を見ても、そこに長い髪の女が映るという話だそうですよ」

「げっ！　ガチに怖い話じゃん！」

前世でも呪いのビデオみたいなフィクションがあったけど、それに近い気がする。

「とはいえ、そういう塔には美術品が眠ってる可能性も高いので、現在の管理者から美術品を売りたいという依頼を受けて、訪れていたのですよ。そしたら、調査翌日、呪いの鏡からアナウンスが来た――というわけですよ」

ソーリャは要点は話し終えたというふうに、お茶を口に運ぶ。

まったく怖がってる様子がない。やはり魔族にとっては怪談みたいなものは何ともないらしい。

「なるほどなあ。まっ、人が恋しい怪異もあるよね」

私はふわっとした表現でまとめに入る。

呪いの鏡のところに行けという流れにしたくないからだ。

以前行った悪霊の国の学校の七不思議と比べても、今回のお話は本格的だ（話し相手を欲してる怪異のどこが本格的なのかという気もするが、家の鏡にも映るとか話の骨格としては本格的）。

——と、その時、サンドラが外から部屋に入ってきた。手には何か握られている。

「ワイヴァーンが手紙を届けてきたわよ。アズサ宛てね」

サンドラは私に手紙を渡した。

送ってきたのがペコラだったので、その時点で嫌《いや》な予感がした。

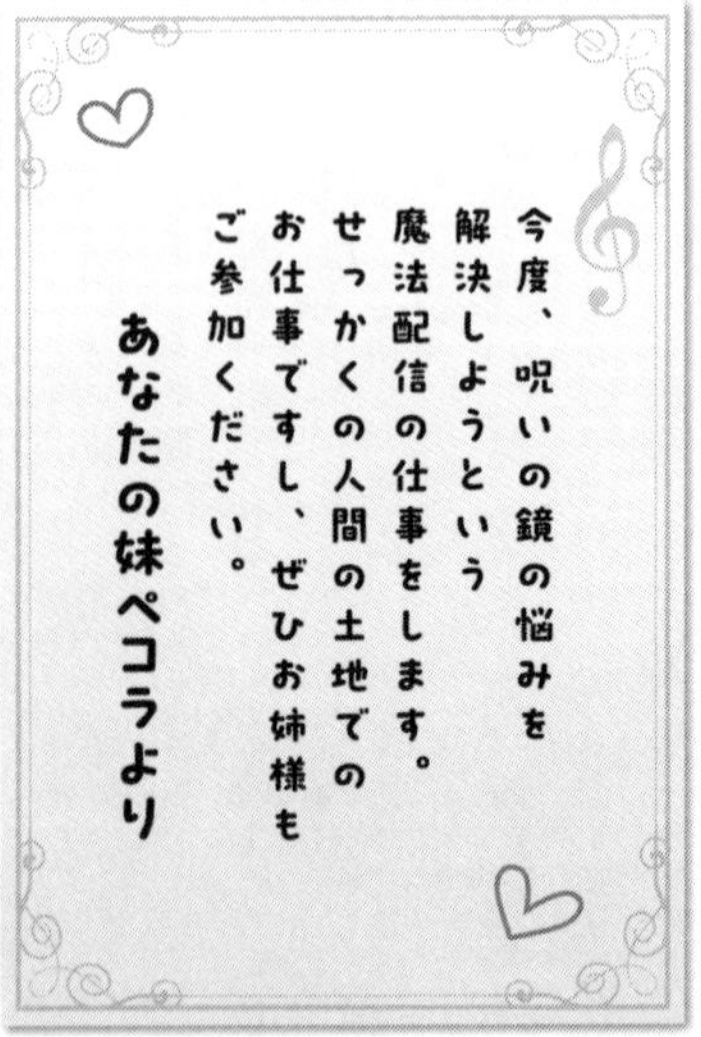
今度、呪いの鏡の悩みを
解決しようという
魔法配信の仕事をします。
せっかくの人間の土地での
お仕事ですし、ぜひお姉様も
ご参加ください。
あなたの妹ペコラより

「ピンポイントで嫌な依頼が来た！」

ソーリャから頼まれなかったとしても、ほかのラインから巻き込まれたりするのか。

いや、でも、魔法配信の仕事でやるからついてこいという意味なら、私が無視しても呪いの鏡の悩み解決にペコラは動き出すのではないか？

そこに壁からロザリーが出てきた。

「話し相手がいないっていうのはきつそうですね……。しかも、塔の最上階だなんて、めったに人も来ないでしょうし……」

うっ！　ロザリーが憐《あわ》れむと、行かないと悪い空気になってしまう！　それは困る！

待てよ。これはロザリーだけに行ってもらえばいいのでは？

欠席する理由は何だっていいのだ。星占いで出歩かないほうがいい日だったとか、そういうのでいい。

「姐《ねえ》さん、一緒に行きやしょう！」

「そこで行こうって言わないで！」

これで私が行かなかったらひどい奴みたいな空気になってしまうじゃないか。

「わかった！　わかった！　行けばいいんでしょ！」

私がそう叫《さけ》んだ向かいで、ソーリャは他人事《ひとごと》みたいにお茶請《う》けの「食べるスライム」を食べていた。実際、他人事だからおかしくないのだけど。

ただ、ハルカラまで他人事みたいに「食べるスライム」をもぐもぐしてるのはどういうことだ。自分は知らぬ存ぜぬという態度でいるな。できる限り、一緒に連れ出してやるぞ。

――と思ったものの、いわくの塔に行く日程がモロに平日だったため、ハルカラは会社の仕事で連れ出すわけにはいきませんでした。

なんか貧乏《びんぼう》くじをきっちり引いてしまった感じがある。

◇

いわくの塔は現地集合ではなく、わざわざ高原の家にワイヴァーンに乗ったペコラがやってきた。私も連れていってくれるらしい。

「お姉様、ロザリーさん、本日はよろしくお願いいたします。撮影だと身構えず、いつもどおりの雰囲気でやっていただければけっこうですから」

「まあ、撮影の空気なんて全然わからないから、マイペースにやるしかないと思うけどね」

「それでいいんです。作りものっぽさが強くなるのを視聴者は敏感に察知しますからね」

そういうものなのだろうか。たしかに、細かいことまで練り上げた作りものならいいんだろうけど、中途半端《ちゅうとはんぱ》に作りものっぽさが感じられると冷めてしまうのかな。

「映像はブッスラーさんが撮っていますが、あまり意識されなくてもけっこうです」

ブッスラーさんがカメラみたいなアーティファクトを持っている。以前、アスファルトの精霊のモリャーケーのところに行った時も、これを持っていたな。

「映像はいわくの塔の最寄りの街からちょっと離れた大きな街から撮るので、今はリラックスしててください」

そうブッスラーさんが言った。どうでもいいけど、今日は頭に布を巻いている。よりカメラクルーっぽい。

「えっ？　なんでそんな面倒臭《めんどうくさ》いことするの？　確実に、ワイヴァーンで塔の近くまで行けるでしょ？」

「いえ、塔に行くこと自体が不便らしいので、その不便さも体験するほうがいいかな〜と。リアル志向で行きたいので！　きっちり撮りますから、よろしくお願いしまーす！」

ブッスラーさんの業界人っぽい態度がちょっと鼻についた。

私たちはワイヴァーンに乗って、塔のもよりの街に行くための大きな街に行った。ここから路線馬車を乗り継いでいく。

めあての路線馬車に乗り込むと、ペコラが一般の利用客に話しかけていた。

「いわくの塔の伝説って知ってますか〜？」

「ああ、恋人同士で行くと別れるって話ですか。でも、デートの場所をいわくの塔に設定するようなセンスのない奴が別れる羽目になってるだけじゃないですかね」

そっか、塔の伝説について尋ねられると、まず恋人が別れる話が出るのか。

「呪いの鏡についてはご存じですか～？」

「聞いたことあるけど、塔に入ることなんてないから、どうでもいいですね。地元民だけど、塔に入ったことないですよ」

扱いがひどい！

いい噂《うわさ》もない塔への扱いなんてこんなものなんだろうな。生活に密着してるものでもないだろうし。


そんな調子で、塔が地元に愛されてないことを理解しつつ、私たちは塔のもよりの街に着いた。

だが、ここで地味に面倒な展開が私たちを待っていた。

塔のほうに向かう昼間の路線馬車が全然なくて、日が暮れるような時間まで待つしかないのだ。

「げ～、これは明日行くしかないな」

「姐さん、今日のうちに行くのはまずいんです？」

ロザリーは幽霊だから気にならないんだろうけど、普通は気にすると思う。

「心霊スポットをキャーキャー言うために行くんじゃないから、日が昇ってる時間がいいよ」

「そうですね、真っ暗だと撮影に困りますからね～」

ブッスラーさんがもっともな理由を述べた。真っ暗なせいで映らなければ、いろいろ破綻《はたん》してしまうのだ。

ペコラはというと、馬車の案内所でなんかやりとりをしていた。

「塔へ行く路線馬車はないんですよね。ちなみに乗り継いで行くこともできませんか？　途中で降りて、ほかのところから来てる路線馬車に乗り換えられたりとか？」

「そういうのはないんです。このへんの街というと、ここぐらいなので」

「コミュニティー路線馬車も走ってないですか？　狭い範囲をぐるぐる回る自治体運営の馬車のことです」

「いや～、そういうのもないんです。塔のあたりは人口も少ないんで、今は早朝と夕方、夜の三便しか走ってません」

「じゃあ、早朝の便で向かうしかないわけですね。あっ、でも、夕方や夜の便で塔のふもとまで行って、そこで宿泊するという手も」

「あのあたりは宿は一切《いっさい》ないですよ。ここで一泊したほうがいいかと」

ブッスラーさんが、カメラ回してるけど、このくだりいるか？　路線馬車の確認してるだけだぞ……。

「魔王様はローカル路線馬車の配信もちょくちょくされてますからね。ローカル路線馬車ファンのためにも、こういうシーンは手を抜かずに撮っておきたいんです」

「私は別にいいんだけど、呪いの鏡の話が脇《わき》に置かれそうになってるぞ」

ペコラはローカル路線馬車の旅の配信もやっているらしい。じっくり見てないので、詳しいことはわからないのだが、好きなことでお金が稼げるならよいのではなかろうか。あれ……この魔法配信ってお金は発生するのかな……？

結局、その街で一泊して、早朝に塔へ向かうことにしました。

翌朝、私たちは路線馬車に揺られて、いわくの塔へと向かった。

「人が来てなくて寂しいとか言ってるような呪いの鏡とはいえ、やっぱり怖いなあ……」

私のテンションは著《いちじる》しく低い。なんだかんだで心霊スポットがガチで怖かったことはあまりないのだけど、それでも楽しくはない。

「もし姐さんを困らせまくるような悪霊なら、アタシがガツンと言ってやりますよ」

「うん……ロザリー、その時はほんとによろしく……」

一方、ペコラは「呪いの鏡さん、待っててくださいね！」などとブッスラーさんの持っているカメラに向かってしゃべっている。

「ところでペコラはなんで呪いの鏡の悩みを解決しようと思ったの？」

魔族はふところが広いかもしれないが、呪いの鏡は範囲外という印象がある。

番組としてウケそうだからなどと言われたらそれまでだが。

「あ～、魔族の技術を使えば、あっさり呪いの鏡さんの悩みは解決しそうだなと思ったんですよ」

「そういうことか。ペコラは人助けをよくやってるね」

「それに、心霊スポットネタって配信では伸びるんですよ～♪」

「やっぱり、そこも意識してるんだ……。ていうか、私が行かなきゃいけない理由って何かあるの……？」

「お姉様の力を借りるべき案件だと思ったんです。なんとなく会いたくなったからというだけじゃないですよ」

私は心霊的なものには何も強くないから、力を貸せるとは思えないんだけどな。

「あら、そろそろ着きましたよ。降りましょう♪」

路線馬車から降りると、早速、塔の存在を示すものがあった。

「観光地化してるっ！」

心霊スポットには絶対存在しないタイプの看板が店先に……。

「ほら、早速、お姉様の力をお借りできました！　こんなふうにお姉様が黙っていられないものがたくさんありそうなんです」

「えっ……もしや、ツッコミ要員として、私は招集されたわけ……？」

そんな需要で呼ばれることって、長い人生でもなかなかないぞ。

「アズサさん、また変なものを見つけたら気軽にツッコミ入れてくださいね。視聴者が『何だ、これ』って思うものをきっちり指摘してあげることで、アズサさんが視聴者の代弁者になるわけです」

カメラを持ちながら、ブッスラーさんが私の存在意義を説明してくれた。

どんな役回りなんだよと思わなくもないけど、ただ、ついてくるだけでいいって言われるよりは喜ばしいことかもしれない。

「姐さん、このクッキーの看板を置いてる店はかろうじて営業してるようですが、ほかの店はつぶれてるようですね」

ロザリーが店の前の通りを進んでいく。

たしかに両側に店が並んでたようだけど、店が生きているにしてはボロすぎる。廃業してしまったのだろう。

と、ペコラがクッキーを出してる店の開店準備をしているおばあさんにインタビューをはじめていた。このあたりのフットワークの軽さはすごいと思う。

「いわくの塔に来る人は減ってるんですか～？」

「だねえ。昔はお土産《みやげ》の店だけで十軒あったんだけど、今はこの店だけだよ。昔はカップルも楽しんでくれてたんだけど、だんだん心霊スポットはダサいっていう若い人が増えたみたいでね……。そのあたりからカップルで来ると別れるって俗説も増えてきたんだよ」

「ほうほう。つまり、カップルが別れるっていうお話ができたのは割と新しいかもってことですね」

「そうだよ。元々、いわくつきの呪いの鏡があるから、いわくの塔と呼ばれていたのさ」

ここに来て、新しい事実が出てきた！

ちゃんと現地に来てみるものだな……。世間一般に言われてることとは違う話が聞けた。

さらに、新しい情報がおばあさんから聞けた。

「それと、姉さんたち、まだ塔の開場時間まで三十分ぐらいあるから、今は入れないよ」


「えっ！　心霊スポットなのに、管理されてるの⁉」

不法侵入され放題の場所だと思ってたけど、違うらしい。

「塔の維持に費用がかかるからねえ。一人五百ゴールドだよ。収入は維持にも足りないレベルだから税金でまかなってるみたいだけど」

どんどん、塔が心霊スポットからみすぼらしいスポットになっていく。

ブッスラーさんが「三十分ですか。時間どうやってつぶします？」と聞いてきた。

「姉さんたち、よかったら山菜汁《さんさいじる》パスタでも食べていくかい？　サービスしとくよ」

「じゃあ、食べます！」

そうペコラが元気に答えたので、ロザリーを除く三人は謎《なぞ》の山菜汁パスタなる料理を食べることになった。

そして、出てきた山菜汁パスタを見て思った。

これ、温かい山菜うどんだ……。うどんの上にワラビとか載ってるやつ……。

味は美味《うま》くもなく、かといってまずくもない素朴《そぼく》な味だ。体が芯《しん》から冷える冬場に食べると、印象もかなり変わりそうだけど。

おばあさんが店の裏手に引っ込んだので、私は感想を述べた。

「心霊スポットがダサくなったんじゃなくて、純粋に観光地としてダサくなったんだな……。これ、いかにもな古い観光地だ……」

店の棚にはこけしっぽい人形も置いてある。売り物らしいけど、二十年は売れてなさそうだ。

「ですね～。ここにカップルで来たら、そりゃ、別れるでしょう」

ペコラが断言した。Ｂ級スポット好きであれば大丈夫《だいじょうぶ》だろうけど、せっかくの休日に訪れた場所がここだったら、なんとも言えない空気になるのではないか。

「古風な観光地でもにぎわってれば勢いで楽しめるんだけど、静かだとそれもできないしね」

「わかります、わかります～」

そんな話をやってる横で、ブッスラーさんは撮れ高がほしいと思っているのか、「このへんで変わった郷土料理はないですか？　漬物とか」と店の奥に向かって叫んでいた。

「田舎《いなか》ロケあるあるですかね～。食べ物でもうちょっとインパクトがほしいみたいですね」

「ペコラは慣《な》れてるね。魔王だから各地を行幸してるのもあるし、さらに魔法配信もやってるからか」

おそらく、寂れた観光地も知り尽くしてるのだろう。

「ここが観光地としてどうなっていくかはわかりませんけど、呪いの鏡さんをどうにかする方法は思いついてるので心配いりません」

ペコラは笑顔でそう言うと、ずずーとうどんにしか見えない汁パスタの出汁《だし》を飲み干した。

「そうみたいだから、私は気楽についていくよ」

その時、私の頭上あたりを漂っているロザリーが声を上げた。

「大変です！　姐さんが食べ終えた汁パスタが！」

食べ終えたものにどんな変化がと思って、すぐに変化に気づいた。

沈んでいた薬味のネギが浮かび上がって――「暇だから早く来てほしい」という文字を作っている！

「怪奇現象だけど、正直、あんまり怖くない！」

何かあったと思ったブッスラーさんがすぐに戻ってきた。

「これはいいですよ！　使えます、使えます！　内容がちょっと間抜けなので、かえってヤラセっぽくないですし！」

呪いの鏡って短気なんだろうか。


山菜汁パスタを食べた私たちは、満を持していわくの塔へと向かった。

塔の前にゲートがあり、一人五百ゴールドを払う。ロザリーが「アタシはどっちですか？」と受付の人に質問したが、幽霊は無料と言われていた。私の分のお金は魔族側の経費で出てます。

塔の入り口には幽霊の女性の顔部分だけがくりぬかれている板が置いてある。

「顔はめパネルじゃん！」

きっちりパネルの下のところに「いわくの塔拝観記念」などと書いてある。

「これはいいですね～。ブッスラーさん、撮影のほうよろしくお願いします！」

ペコラが楽しそうに顔はめパネルに顔を入れていた。パネルにもちゃんと需要があったようで、そこはよかった。

「は～い、呪いの鏡バージョンの魔王ですよ～。あっ！　こんなところにも異常が！」

ペコラが何か発見したらしい。

顔はめパネルの裏にまたしても「暇だから早く来てほしい」の文字が……。

「どんだけ暇なんだよ！」

「アタシは気持ちはわかるけどな。だけど、あんまり押しが強いとかえって避けられるものだし、もう少し主張は弱いほうがいいかもしれねえ」

ロザリーの意見は幽霊ならではのものではなくて、単純にしつこい人に対する一般論だな……。

怪異側が来て来てと言いまくると、怖くなるという知見を得た。ていうか、怖さよりウザさが勝《まさ》る。


塔の中もおどろおどろしい場所というより、老朽化の進んでいる観光施設という印象だった。

「これは何も出ないな……。ていうか、このフロア、ひたすら塔の絵が飾ってあるけど、何なんだ……」

「人間の土地にある各地の塔の絵だそうですよ～。展示するものがないんでしょうね」

「展示をするのが目的の場所じゃないから、しょうがないね。あれ、この塔の絵も人っぽいものが……」

長い髪の女が、「あっち、あっち！」というように廊下の先を指差していた。

「せっかちすぎるだろ！　ここで引き返すみたいなことはしないから安心して！」

「なるほど～。それはそれで面白《おもしろ》いかもしれませんね～。さすがお姉様」

「ペコラ、それは悪魔的発想だからやめてあげて！」

ここで引き返したら本当に呪われそうだ。

「姐さん、こっちの塔の絵は、長い髪の女が『最上階です。階段が急なので気をつけて』って紙を持ってますね」

「怪異の自己主張が激しい！」

「こっちの絵にいる長い髪の女は『次の階の美術品コーナーは売却したので、閉鎖してるから』って紙を持ってます」

「ソーリャに売却したやつだ！」


呪いの鏡が言うように急な階段を上って、最上階までやってきた。

そこはかつて塔の管理者の居住スペースだったらしく、明らかにお金持ち用のテーブルだとか椅子《いす》だとかいった調度品が並んでいる。その中でも、貴婦人用の部屋とおぼしきところに豪華な鏡がかけられていた。

「間違いなくアレですね。魂みたいなものを感じます」

「ロザリーが言うなら、確実だね」

私は鏡の横に立って言った。

「悪霊が鏡の中に入ったという特殊なパターンですね。おそらく、生前に愛着があったものに入って、いつのまにか一体化してしまったんでしょう」

「なるほどね。ロザリーも同じ場所から動けない地縛霊タイプだったわけだけど、鏡から出られないっていうのも、少し近いのかな」

「ですね。鏡のほうがより窮屈かもしれませんけど」

「だねえ」


「……あの、姐さん、鏡は覗かないんですか……？」


「だって、怖いもん！　自分じゃない誰《だれ》かが映るのは嫌だって！　知ってても嫌だよ！　しかも、家の鏡を見ても出てくるんでしょ！」

「怖さが薄れたっていう態度をとってらっしゃった気がしますけど……」

「そうだけど、鏡の近くまで来たら、ためらいはするって！　だいたい、これって私が主役の企画じゃないから！　ペコラが覗くのが筋でしょ！」

そうだ、ペコラより私が目立っても意味がない。ここは魔法配信の主であるペコラにやってもらうべきなのだ。それに、魔族は悪霊なんてちっとも怖いと思わないはずだし。

しかし、ペコラは全然鏡の前に行こうとしない。

実はペコラも怖い話は苦手《にがて》なのか？

魔王だからって、弱点がないわけじゃないはずだしな。

「もよりの街で一泊したじゃないですか。今は旅先でしっかりしたメイクができてないんですよ。あまり鏡に映りたくないですね……」

「オシャレが理由かい！」

怖いという感覚、本当に私以外誰も持ってないな。

「どうせ、ペコラじゃなくて不気味な女の姿が映るんだから、いいじゃん！」

「最初は普通の鏡の反応を示すかもしれないじゃないですか。視聴者は確実に鏡を凝視《ぎょうし》しますし……。これはお受けできないですね。わたくしはこれでもアイドルですから」

まさか、こんな土壇場で鏡に映るのを拒否されるとは……。

でも、あんまり待たせると、それこそ主張が強めの呪いの鏡が何か反応してくる気がするしな……。

「ブッスラーさん、やります？」

「いえ、この機材を扱えるのは私だけなんで無理ですね。機材担当がでしゃばるとクレームが来やすいですし」

微妙に生々《なまなま》しい理由だな。

「じゃあ、アタシがやってみましょうか」

ロザリーがふわふわと漂いながら、鏡の前に出ていく。ロザリー、頼りになります！

ロザリーが鏡の前に立つ。

鏡には何も映らない。一瞬、怪奇現象かと思ったが、ロザリーは鏡には映らないので自然な状態だ。

と、その鏡に長い髪の女の姿が現れた。

確実に、やたらと暇だと言いまくっていた本人だ。目元は髪がかかっているせいで見えない。

さあ、わざわざやってきたことを喜んでほしい。


「うわあああぁ！　霊が来たーっ！」

「鏡のほうがビビるんかい！」


背後からブッスラーさんの「今の、迫真のよいツッコミです！」という声が聞こえた。黙っていてほしい。

「暇だから来てほしいと呪いの力で連絡したけど、霊が来るなんて聞いてないですよ！　そりゃあ、驚きだってしてします！　鏡に何も映らない存在が来たら、誰だってそんなバカなと思うでしょう！」

鏡のほうから抗議された。

これが一般の人間なら納得もするんだけど、そっちも驚かす側なんだから、どっちもどっちだろ。

「どうでもいいけど、顔は髪で隠すスタイルなんだな。そういう悪霊がいるのは知ってるけどさ」

ロザリーが指摘するように、鏡は驚いたとは言ってるものの、顔は見えないままだ。

「このほうがいいんです。顔を見せると、そこまで怖くないとか言い出す人が一定数出てしまうので」

商売上のテクニックみたいな話はあんまり言うな。

「それより、暇の解消はできたわけ？」

話がそれまくっているので、戻そうと試みた。

「そうです、そうです！　近頃は観光客がめっきり減って、塔の下の土産物の店も全滅しそうなんで、これはヤバいぞと……」

多分、土産物の店が並んだりしたから、心霊スポットとしての価値が下がったんだぞ。それは鏡の責任ではないんだろうけど。

「百二十年ほど前に土産物の店を開けって、地元の街に何度もメッセージを送ったんですが、失敗してしまいました」

鏡の責任だった！

「いやあ、存在もすっかり忘れられそうで、どうしたものかと思っていますよ。話題にされることすらほぼなくなってますからね……。ただでさえ路線馬車のアクセスも悪いところに建ってますし……」

鏡は愚痴《ぐち》を言いはじめた。

いくら怖がりな私でも、もう何も怖くない。

見た目が不気味でも、発言内容が何も怖くなければ耐えられるらしい。

「新たにテコ入れをしないといけないんですよね。それで、以前、魔族の骨董商が塔にあるものを買いに来た時にコンタクトをとってみたんです。話し相手になってもらえればありがたいし、さらに相談にも乗ってもらえれば御の字なので」

「けっこう打算的に連絡してるんだな」

やはり、私の知ってる呪いの話とズレている。

「それと、魔族の骨董商が来た時は自分は売却対象から外されていたんですが、将来的には自分も商品としてどこかに売ってもらうのもアリかなと。それなら、ひとまず安息の地は手に入りますし」

「なるほど。いわゆるリタイアも考えてたのか」

「その場合、この塔の観光客は完全にいなくなるので、塔の近所では廃業する人が出ますけど」

「経済的な意味ではしっかり呪いを与えている！」

今更《いまさら》どうしようもないとはいえ、鏡が余計な方針に舵《かじ》を切って失敗してる面もあるんだぞ。しかし、鏡に地元の責任を取れというのも変な話なのかもしれない。

ここに鏡が残るからといって、このままじゃ解決にはならないしな。なら、鏡だけでも新天地に移るべきなんだろうか。

といっても、鏡自体が自分の管理権を持ってるわけじゃないだろうから、塔の所有者が売らないだろうけど……。


「話は聞かせていただきました」

ペコラが鏡の真ん前に立った。

もう、ペコラじゃなくて、目元の見えない女しか映らないからね。

「ここを離れずに多くの人に見てもらう方法がありますよ～♪」

「どういう方法ですか？　もしかして、町おこしコーディネーターの方ですか？」

そんな職業、この世界にあるんだろうか。あったとしても、悪霊が依頼するものなのか？

「いえ、地元のことまではわたくしの手に余りますが、人の反応がなくて暇という部分は解消できます」

「どうするんですか？　学校の課外授業の場所として、この塔が使用されるようにするとかですか？　それだと定期的に安定した数のお客さんが来てくれますけど」

悪霊だからとはいえ、かなり悪質な発想だ……。

「まっ、見ていてください。じゃあ、スタッフさん、設営を！」

「はい、わかりました！」とブッスラーさんが元気に答えた。完全にスタッフという意識でいるらしい。

ブッスラーさんはいかにも機械だよなという雰囲気のアーティファクトを鏡の前に設置しだした。レーザーでも出そうだなという気がした。

「よし、これで大丈夫なはずですね。では、起動しましょう」

アーティファクトに緑色の光が灯《とも》る。これだけでは、やっぱりまだわからない。

一方、ペコラのほうも何か小さなアーティファクトを取り出した。こちらは薄い板状のものでスマホ程度のサイズだ。本当にスマホ的な機能があっても、もはや驚かないけど。

「うん、ちゃんと流れてますね～。お姉様もご覧ください！」

ペコラが板状のアーティファクトを見せてきた。

そこには呪いの鏡が映っている。

ということは、ブッスラーさんが設置したアーティファクトはビデオカメラみたいなもので、その映像を持ち帰って放送するということだろうか。

それなら、たしかに呪いの鏡の宣伝効果としては抜群だな——と思ったけど、ペコラとブッスラーさんがやっていることはもっと進んでいた。

「呪いの鏡さん、ちょっと自己紹介みたいなこと言ってもらってよろしいですか？」

ブッスラーさんが手を振りながら言った。

「へ？　え～と、呪いの鏡です。いわくの塔の最上階にいます。最近の悩みはお客さんが少ないことです。……え～と、こんなのでいいんですか？」

その光景がペコラの持っている板状アーティファクトのほうにも同時に表示された。

そして、よく見ると板状アーティファクトの画面には、「視聴者数　8人」という表示もある。

横の欄には「いったい何だ？」「呪いの鏡って魔族に分類されるの？」といったコメントが！

「呪いの鏡さん、映像を流すアーティファクトをここに置いていきますんで、好きな時に好きなようにしゃべってください。時間によって前後するでしょうけど、誰かは見たり聞いたりしてると思います」

そうブッスラーさんが説明した。

む

「これは、ライブビューイングだっ！」

私も詳しくは知らないが、動物や街の映像を定点カメラでずっと流しっぱなしにするやつだ。

「あれ、お姉様にこの説明をしたことありましたっけ？　なんで知ってるんですか～？」

「う～んと……どこかで小耳にはさんだのかな……」

前世で知ったと言うとややこしくなりすぎるから誤魔化《ごまか》した。

「そっか、これで不特定多数が私を見てくれるというわけですね。これなら暇でたまらないということもなさそうです」

鏡も好感触のようだ。

「ただ、誰が見ているかわからないので、その人の家の鏡に姿を映すようなことがしづらいんですが……」

「そこは、連絡先を書き込んでもらうとかでいいんじゃないですか？」

ブッスラーさんが機材の位置を調整しながら言う。

「でも、この書き込み欄、ほかの人も見てますよね。個人情報がほかの人に見えるのはまずいですよ」

呪いの存在が個人情報まで気づかうの、おかしくない？　いや、いいことではあるけど。

「そしたら画面に、家に出てきてほしい人は連絡先を郵送してほしいという表示を入れましょう。それぐらいならすぐできますよ」

「そうなんですね。それでお願いします」

電子メールみたいな概念はまだないのか……。微妙にちぐはぐな感じがするが、仮にそんなものがあっても、呪いの鏡は使用できないので、そこはアナログになりそうだ。

「姐さん、魔族たちは本当に悩みを解決しちゃいましたね。たいしたもんだ」

ロザリーが私の前にやってきた。

「だね。企画とはいえ、きっちり人（?）助けをやってるね」

私は鏡と並んでしゃべっているペコラを見つめた。

イタズラ心が人の助けになることもあるのだ。

◇

後日、家のダイニングでみんなと魔法配信を見ていた。ちょうど一つ、見終わった時に、そういや、呪いの鏡はどうなったんだろうと思った。

なんと、呪いの鏡のライブビューイングだけでなく、「呪いの鏡チャンネル」という独立した項目ができていた。

サムネイルらしきものに「三か月待ち感謝」と書いてあった。

タイトルでだいたい内容がわかるけど、中身も確認しよう。

『こんにちは、呪いの鏡です。自分の家の鏡に来てほしい方を募集しているのですが、おかげさまで三か月待ちと好評を得ております！　今後ともよろしくお願いいたします！』

軌道に乗っている！

ためしにライブビューイングも見てみた。

今は何の変哲もない鏡が映ってるだけだ。常に顔を出してたら、かえって怪奇現象っぽくないし、これはこれでいいのかな。

ん、よく見ると鏡に何か文字が表示されてるような……。


リスナーの自宅訪問中のため、不在です。長くても二十分ほどで戻ります。


「そんな怪異あるか！」

もはや呪いも何も関係ないと思うけど、幸せそうならそれでいいと思いました。

一人旅をしてみた

She continued destroy slime for 300 years

きっかけは些細《ささい》なことだった。
ククの新曲、「猫はさすらいの旅に出る」をＣＤプレイヤーにしか見えないアーティファクトで聞いていた時のことだ。

一人旅っていいな。
唐突《とうとつ》にそう思った。

曲の内容は、文字通り、猫がさすらいの旅に出るものだから、それを聞いて当て所《ど》もない旅に興味を持つのは自然なことだ。まあ、その曲を聞いて、豪華ツアー旅行のほうがいいなと思う人もいるかもだけど、ちょっとひねくれている。
ところでこの世界だと、擬人化した猫が旅に出る歌なのか、本当にしゃべるような猫がいてその猫が旅に出る歌なのか、猫の獣人が旅に出る歌なのか、どれかわからないんだよな……。そこは本筋とは関係ないので置いておく。

いいなと思った原因はその曲がよかっただけじゃない。

今の私の生活がさすらいの旅とまったく正反対のものだからだ。

家には毎日、家族が待っている。

トラブルもちょくちょく持ち込まれるけど、笑いが絶えないという表現をおおげさではなく使える程度には楽しい家庭だ。

こういうのは望んで手に入れられるものとも違うから、私は運がいいのだと思う。

大金持ちの人でも孤独な人は孤独だろうし。お金で人を雇うことはできても、家族として振舞ってくれる人を雇うというのは、どこかにひずみが出そうである。

かといって生活に余裕がなければ、笑う余裕だってなくなるだろう。

つまり、楽しい家庭というのは相当達成しがたいものなのだ。

当然、私は今の生活に満足している。

これで不平を言えば、メガーメガ神様でも罰を当ててきそうだ。

だけど、人間というのは経験していないことに興味を持つものである。


「というわけで、しばらく一人でさすらってきます」

私が言ったあと、少しの間、夜の家族集合のテーブルはしんと静まり返った。

意外な発言だったので、みんな混乱しているだろうな。

でも、止められても行くぞ。ここで止められて、「やっぱやめます」と言ってしまうようでは、永久に一人旅などできない。

「やむをえない……。シャルシャは我慢《がまん》する」

えっ、我慢するの？　いや、ついていくと言われても困るので、この反応で助かってはいるのだが、一方で少し聞き分け悪く「行かないでほしい」と言ってもらいたい気もする……。これは私のわがままが過ぎる！

「シャルシャは陶芸体験を二週間も行っていた。母さんの一人旅を止めるのは道理に合わない」

ああ、シャルシャにはそんなこともあったね。

「ファルファも我慢するよ。ママはとことんさすらってきてね。一人旅が心を成長させることもあるって言うし」

「ファルファ、それは親のほうが子に言うセリフだね……」

ファルファとシャルシャは好意的に送り出してくれるんだな。

もうちょっと引き留めてくれてもよかったけどね。三顧《さんこ》の礼みたいに三度目のやりとりで確定みたいな。やっぱり、私のわがままだな。

「私も出ていくのは勝手にすればいいと思うわ」

その場にいたサンドラも賛成してくれた。あっさり娘全員に賛成されてしまった。

「うん……ありがとね……」

「それより帰ってくる時にはくれぐれも気をつけてね」

サンドラが私に念を押すように言った。

「帰る時に気をつけるって、どういうこと？」

無事に元気で帰ってこいみたいな意味だろうか？

「遠方からの旅で、服や靴に小さな種をつけて帰ってくることがあるから。外来の変な植物が増えると困るの。服はちゃんと払っておくこと」

「検疫みたいなこと言われてる！」

正しい指摘ではあるのだが、さすらいの旅に出ると言った相手への注意ではないな。いい年してさすらいの旅に出ると言う人間なんて、なかなかいないだろうけど。

「地縛霊になりでもしたら、移動もできませんからね。移動できるうちに見てまわるのが華というものですよ」

ロザリーの発言も何かズレている気がする。あと、地縛霊になるような悔《く》いや恨《うら》みを抱かずに生きていきたい。

「お師匠様、ハルカラ製薬のパンフレットを三百部ほど、お渡ししておいたほうがよいですか？」

「私に宣伝活動をさせようとするな！」

しかも、量がガチだし。それは営業職の社員にやらせてくれ。

結局、残るはドラゴン二人の反応だけか。

「姉がさんざん一人旅をしていましたからね。我も慣《な》れているので、止める理由には当たらないかと。たまに旅程は伝えてきてほしいですが」

「ああ、レイラさんって、なかなか自由奔放な人だったたね……」

ライカにとったら、さすらう人は意外でも何でもないのだ。

「ご主人様はいちいち報告しているから、すでにさすらいではないのだ。ブルードラゴンは何も言わずにふらっと出ていってしまうこともザラなのだ」

「出発前から、そんなのさすらいじゃないと否定されるとは！」

フラットルテにとったら、ふらっと出ていくことぐらいは常識の範囲内なのだ。

「そこはいきなりいなくなったら、迷惑かけすぎるし、報告はしておくって……」

「でも、関係各所に『もうすぐさすらいます』って連絡してまわるのって、ダサくないですか？」

「たしかに！」

頭の中で、知り合いのところに「さすらいますので、よろしくお願いいたします」とあいさつしていく図が浮かんだ。

これは、みっともない。

ていうか、しがらみを断ち切れてなさすぎる。

しがらみを常に気にしながらの旅はさすらうとは言わない。一般的な旅行だ。

「さすらいじゃないかもしれないけど、とにかく、一人旅をしてきます……」

出発前からコンセプトが崩壊しているが、行くだけ行ってみよう……。

◇

翌日、私は大きめの布の袋一つで高原の家を出た。

ナスクーテの町のさらに隣の町まで行き、そこから路線馬車を乗り継いで、ナンテール州の州都ヴィタメイを目指す。

ヴィタメイは大きな川に面していて、そこが港として発展している。遠方からの物資は、川を通って、この港に集められるのだ。物資を運ぶのがメインとはいえ、人間を運ぶのが目的の船もある。

それで海に面した港まで出て、そこから陸路をぶらぶら歩いていく。

なんとなく、ここを通ろうという土地はあるにはあるが、明確な旅程などはない。

くどいようだけど、旅程があったら、さすらいじゃなくて旅行だからな。

当日朝に盛大に出発パーティーでもやられると後ろ髪を引かれてしまうので、話も前日の夜に済ませておいて、その日は早朝からさっと出ていく。

そのつもりだったのだけど、サンドラが家の前の地べたに座っていた。

「はい。行ってらっしゃい。アズサは気をつけなくても無事だろうけど、気をつけてね」

「それは、まあまあ合ってるな」

考えてみれば、みんながそこまでしんみりしないのは、私が安全だからというのも大きい。

通常、一人旅というのは危険を伴《ともな》うものなんだけど、私が危険な目に遭《あ》うなんて誰《だれ》も想像できないだろう。私すらできない。

「まっ、みんなに心配させすぎないタイミングで帰ってくるよ」

「そういうことを考えてる時点で、さすらいじゃないんじゃないの？」

「たしかに、帰る場所がはっきりあっても、さすらいにならないのか……」

さすらい、なかなかハードルが多いぞ。

旅程が未定なことをもって、私の中ではさすらいということにしておく。

私はサンドラの頭を撫《な》でて、出発した。


走ろうと思えば相当な速度で走れるはずだけど、そういう常識はずれなことは（極力）しない。

私が旅に課した自分ルールだ。当て所もない旅に、効率という発想はないはずだから。

ただ、だらだら歩くことが目的ではないので、景色に面白《おもしろ》みがない場所はすたすた歩く。

路線馬車を乗り継いで、翌日には州都ヴィタメイに着いた。ヴィタメイまで来れば高原の魔女の名前もそこまで広まってはいないので、やたらと声をかけられるなんて心配もない。

ここから船で川を下っていく。船は事前の予約など不要であっさりと乗れた。その日の夜には海に面した港に到着したので、そこで一泊。

翌朝、西に向けて出発。

占いで西に進むと吉と言われたとか、そういう理由は何もない。これぞ、さすらいという感じだ。

このあたりは平坦《へいたん》な道が続いているし、歩くのも楽だ。

変わったものでも、しょうもないものでもいいから、いろんなものが見たいな。

見聞を広めるなんて気持ちはないけど、どうせなら楽しい旅にしたいので。

さすらいという言葉には大変そうなイメージがついているが、楽しんではいけないという決まりはない。

そしてお昼頃《ごろ》、歩き出した港から次の町に到着した。サーデンという町だ。

おなかがすいてきたし、ここで食事だな。

「そなた、もしや高原の魔女殿か？」

町の入り口あたりで声をかけられた。

振り返ると、そこにはアスファルトの精霊モリャーケーがいた。

砂漠で隠者をやっている賢者の一人だ。なぜか芸能事務所に登録しているけど、外部とのコンタクトを取りやすくするためらしい。

「あっ、モリャーケーじゃん。まさか、こんなテキトーな旅でも知り合いに会うとは……。すごい偶然だなあ」

「旅とな？　高原の魔女殿も旅の途中ということか」

「その言葉からすると、そっちも旅をしてるの？」

そういえば、砂漠以外で会っているわけだし、モリャーケーにも何か出てくる理由があったのだろう。

「そういうことになるな。先日ドライアドの賢者と会ったのも刺激となってな、久々に旅をして、感じたことを書き留めてみようと思った次第じゃ」

「おお、賢者らしい行動！」

「昼食がまだならご一緒せぬか？　気になる店があるのでな」

誰かとごはんを食べるのは別にさすらいの旅に抵触することではないので、私はついていくことにした。

モリャーケーが入った店は、いかにも昔からある少々ボロいところだった。

中は鉄板が敷いてあって、店員がそこで何か焼いて、客の側に差し出すらしい。

「このサーデンは焼き麺《めん》という麺料理が有名でのう。どうせならと、この店にした」

「へえ、名物があるんだ。じゃあ、その焼き麺にするよ」

ガイドブックなど持ってないので（持って旅をすると、ただの観光旅行になる）、名物についての知識もない。こういう情報はありがたい。

焼き麺というのは、名前の通り、麺と野菜と肉を鉄板上で炒めて、そこにソースをかける料理だった。

ていうか、焼きそばだな、これ。

特殊な知識がなくても、誰でも思いつきそうな料理ではあるが。

「おっ、高原の魔女殿、どこにでもある焼き麺だなと思ったな」

いや、焼き麺がどこにでもあるなと思ったわけじゃないけど、モリャーケーにはそう映ったらしい。

「だが、このサーデンの焼き麺は一味違う。焼き麺の両面をカリカリにして提供するのでな。これをサーデン型焼き麺と呼ぶ」


「なんか、変な知識が入ってきた！」


モリャーケーの説明のごとく、店員さんが焼きそばだろうというものの両面を加熱した鉄板に焼きつけて、カリカリにしてこちらに出してきた。

「なるほど、これが焼き麺か。うん、美味《うま》い、美味い。香ばしい食感がアクセントになってる」

旅先でその土地の変わった料理が食べられるのは、旅としては幸先《さいさき》がいいのでは。

モリャーケーも満足しているだろうと思ったが、早々と食べ終えて、何か書き留めていた。サーデン型焼き麺の記録をするのか。賢者って筆まめだな。

☆隠者のB級グルメ紀行☆
サーデン型焼き麺

店員の接客態度、問題なし。
店の清潔度、古いためやや難アリ。
サーデンのB級グルメといえば、やっぱり焼き麺。
とくに老舗《しにせ》である「モグラのコーラス」で提供される
焼き麺はカリカリ感が最高！　シーフードトッピングも人気！

ん？　賢者の記録っぽくない文章だな……。

「よし、一軒目の取材は終了じゃな」

「今、取材って言った！」

「ああ、『隠者のB級グルメ紀行』の原稿のために回っておる。サーデンの中であと二軒回るつもりじゃ」

「がっつり仕事している！」

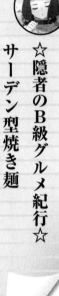

「砂漠芸能事務所から仕事依頼が来たのでな。この土地のB級グルメの章を書くために動いておる」

「ただの仕事じゃん！」

「仕事ではあるが、入る店はすべて拙僧の独断と偏見じゃ。人気店だけ押さえてるのでも、取材大歓迎の店だけ行って楽をしてるのでもない」

そういう問題じゃないんだよなあ。

移動を伴う仕事は旅の一種かもしれないけど、労働のための旅は、さすらいとは違う。

「高原の魔女殿、まだ胃に入るか？　次の店は量は少ないはずじゃから、大丈夫《だいじょうぶ》だと思うのじゃが」

このままモリャーケーと同行すると、旅のコンセプトが崩壊するぞ。ここは早めに別れたほうがいいのか……？

……だが、また長距離歩く気がするし、食べられる時に食べておくべきではあるのか。

「じゃあ、もう一軒だけね」


次の店は薄く延ばした卵でクレープ状に焼き麵を巻くタイプでした。

これはオムそばっぽいな……。

オムそばにまずい要素などないので安定しておいしいが、私の中では意外性がない。

「うむ。三代目の店主に替わったと聞いていたが、味は継承できていると言ってよい。知る人ぞ知る名店というところであるな」

「へえ。たしかにおいしいや」

ただ、私の目的とはズレているな。だって、これは食べ歩き取材だもんな……。

「高原の魔女殿、この後はどうする？　この地域ではプリンは板状に成型するそうで、四角い形で提供されるということじゃ。しかも、隠し味に魚からとった出汁《だし》も使うとか。この土地の言葉ではそのプリンを卵焼きと呼ぶようじゃな。かつてはこの土地の領主がお菓子《かし》職人に作らせたもので領主の一族しか食べられな――」

「ストップ！　ストップ！　情報量が多い、多い！」

そのプリンの内容が気になるけど、断腸《だんちょう》の思いで止めた。

このままだと、変わった食べ物を巡る旅になってしまう！　さすらいと関係なさすぎる！

「そうか。では、気をつけてな。この先にはパンをソースにひたしたものを串に刺して売る店が――」

「もう、いい！　食べ物情報は本当にいい！」

あまりに詳《くわ》しい人から話を聞くのはよくない。事前に知識を仕入れすぎてしまう。

賢者はさすらいに不向きな存在だ。覚えておこう。


サーデンから内陸部に入り、夕方に次のゲールの町に着いて、そこで宿泊した。この町は朝市が有名らしいから、早起きしてぶらつくことにしよう。

結局食べ歩きじゃないのかという気がしないでもないが、朝市を楽しむのが目的なので、多分問題ない。朝市はB級グルメではないし。

朝市はたしかに活気があった。大通りの両側に店が並んでいる。食品だけでなく、服や雑貨を売っているところもある。

――と、やけに目立つ存在が交差点に立っていた。

人違いではない。ペンギンみたいな見た目の存在はなかなかいない。

ペンギンのような見た目のプロティピュタンが賽銭箱《さいせんばこ》みたいなものを出して、「お願いしまーすポー……」と言っている。寄付をつのっているようだ。

その隣にはプロティピュタンを指導しているホルトトマさんが立っている。こちらも賽銭箱を出していた。

「あの、何をされてるんですか？」

ホルトトマさんのほうが詳しいだろうと思うのでそちらに聞いた。

「ごらんのように、托鉢《たくはつ》修行中です」

だいぶレアなことではあるけど、B級グルメの記事を書く人に出会うよりは、よくあることではあるか。

「プロティピュタン様を鍛《きた》えるために托鉢をしながら各地を巡る旅をしています」

「ここでも旅をしてる人がいた！」

こんなに知ってる顔を見つけるものなんだろうか。偶然、このあたりの土地に知ってる人が来ているらしい。

これは大きく場所を移したほうがいいか？

でも、知ってる人が多いから急遽《きゅうきょ》、長距離の路線馬車で離れますというのも変だよな。知り合いと出会ったことも旅の一部として受け入れないと。

「托鉢の旅はどんな感じ？」

「つらいポー。朝は寒いし、歩いてるうちにくたくたになることも多いポー」

たしかに、プロティピュタンは疲れた顔をしている。修行って、あまり睡眠時間をとれないイメージがあるが、プロティピュタンもそうらしい。あと、神に近い存在も普通に疲労を感じるんだな。

「そのへんの人たちよりはるかに立派でなければ、誰も信仰したいなどと思いませんからね」

ホルトトマさんの言ってることは間違ってないけど、これ、プロティピュタンにとっては地獄だろうな。しごかれているとしか思えん。

まっ、プロティピュタンには尊敬される神格を目指して努力してもらお――

「そういえば、アズサさんもキュート・アビスという魔法僧正の一人でしたっけ。せっかくですし、修行に少し参加されますか？」

最悪の提案が来た！

こんなの、やりたいわけがないので断るしかない。

「いえ、私はいろいろと用事が…………まったくないな」

なにせ、さすらってるからな。

先約など存在しないのだ。

ウソをつけなくもないが、じゃあ、なんでこんな町に来てるのかという説明が必要になる。知り合いがいる町でもないし、理由は観光ぐらいしかなくなるのだけど——観光と言った瞬間、自分からさすらいの旅を否定したことになってしまう！

じゃあ、言えない！　そこを否定したらまぬけすぎる！

「予定も何もなく、さすらいをしています……。時間は空いています……」

「おお、いい心がけですね。それでは、賽銭箱をお渡しします。ここでじっと立ってください」

さすらいの旅が一時的に托鉢の旅に変更された！

「自分から参加するとか、愚かにもほどがあるポー」

プロティピュタンがあきれた声で言った。

「そういうこと言うから、信者が増えないんだぞ。マジで」

「うぅ……。ありのままの自分を見せるだけで尊敬されたり、信者が増えたりしてほしいポー」

気持ちはよくわかるけど、言葉にしたら、たんに楽をしたい奴《やつ》にしか聞こえないな。

それから、私はホルトトマさんとプロティピュタンとともに修行の日々を送ることになった。

夜明け前に起きて、次の町まで黙々《もくもく》と歩く。

まだ眠い。プロティピュタンは何度もあくびをしていた。

そして次の町に着いたら、また托鉢を行う。

前の町では朝市で混みあっていたのもあり、募金活動みたいにじっと立ち止まっていたが、通常は町の中を歩いて回るほうが多い。

恵んでもらったお金で食事をして、次の町を目指してまた歩いていく。

はっきり言って、きつい！


「しんどい、しんどい……。キュート・アビスになったせいで、こんな目に遭うなんて……。本当にマイナスしかないな……」

私が参加してから三日目の朝（といっても夜明け前だから夜と言うほうが正しいか？）も、私たちは次の町を目指して山中を歩いていた。

「そんなこと言わないでほしいポー。少しぐらいは魔法僧正を名誉なことだと思ってほしいポー」

「でも、神格のほうが今も苦しい顔して歩いてるんだから、名誉に思えと言われても……」

「だって、苦しいものは苦しいっポー……。苦しいことを幸せだと感じだしたら、ただの異常だポー」

たしかにペンギンみたいな体だから、人間の姿で歩くより大変そうなんだよね……。

「苦しいのは当然です。そうでなければ修行になりません」

ホルトトマさんが涼しい顔で言った。

一人だけサボってるわけではないので平等ではあるんだけど、こういうのって心理的に平気な人が一方的に有利だとは思うんだよな。好きで走ってる人と、強制的に走らされてる人の違いというか。

「土の中で長い間じっとしているのに比べれば、たいしたことないですよ」

「ホルトトマさんがそれを言うのは反則ですよ！」

三百年、土の中の箱で過ごすと想像したら、それだけでぞっとする。

そして、ホルトトマさんは三百年ではまったく足らないほどの時間、土の中にいたのだ。この世界の誰一人として実感できない次元のことではなかろうか。

「まっ、長い人生、修行の日々を送るのも悪いものではないでしょう。一日出家も一週間出家もプロティピュタン教《きょう》では認めていくつもりですし」

そういえば、前世でも、夏休みだけ出家してまた俗世に戻ることができるみたいな国もあったな。

「お気軽な修行体験ができるのはいいかもしれませんね」

入り口は広いほうがいいしね。

ホルトトマさんがいれば、プロティピュタンはひどい目に遭うかもだけど、いい宗教は生まれそうだ。

「あれ？　そんなシステムを導入するって話、一言も聞いてないポー」

「だって、言ってませんでしたもの」

神格が知らされてなかった！

「ちょっと、ひどいポー！　システムまで勝手に進めていくのは横暴だポー！」

「いえ、落ち着いて考えてください。神格が修行のシステムを決めるのっておかしくないですか？それは僧侶などがやるものでは？」

たしかに正論かもしれない。

「だからって、一言ぐらい言っておいてもいいポー！　あと、プロティピュタン教って単語も初耳だポー！　無難な名称だけど、報告はしてほしいポー！」

「名称も神格が考えるものではなくて、信者が決めるものですから。では、今後はできるだけ伝えるようにします」

プロティピュタン、かなりないがしろにされているな……。

「それにしても、なんだか、旅をされている方が増えた印象がありますね。托鉢で各地を回っていますが、どこでも旅人を多く見ますよ」

ホルトトマさんが不思議《ふしぎ》そうに言った。

「旅人だと名乗ってる人がいるわけではないので、あくまでも印象ですが、魔族の土地でも布や皮の袋一つで、目的地を決めずに出かける人が多くなっていた気がします」

「へえ、なんかきっかけでもあるのかな」

「魔族の土地でも、こういう人間の土地でも旅人が増えている気がします。皆さん、旅をしたくなる契機でもあったんですかね」

「不思議ではあるけど、私がまさに旅をしてるから、ほかの人をおかしいとは言えないな」

いくらなんでも、メガーメガ神様が一部の人がさすらいたくなる魔法をかけてるなんてことはないだろうし。

「たいていのものは、なんらかの周期で似たことが繰り返されますからね。旅が流行する周期に入ったのかもしれません」

ホルトトマさんは深く考える気はないらしく、一般論のようなことを言って、話を打ち切ってしまった。ホルトトマさんの立場からすれば本当にどうでもいいことなのは間違いないだろう。

結局、五日間、托鉢の旅には付き合わされた。

修行を「付き合わされた」と受動的に表現していいのかわからないが、私から望んでやったことではないので、どこまでも受け身だ。

実際、終わるきっかけもホルトトマさんに、

「そこそこ修行ができましたね。今日まででけっこうですよ」

と言われたからだ。終わり方まで受け身だった。

さすらっていれば、修行をする羽目《はめ》になることだってあるものだ。それがさすらいだ。

……さすがに、それはおかしいな。

ホルトトマさんとプロティピュタンから別れて、私は内陸の街道《かいどう》を歩いていた。

すると、明らかに初めて訪れる場所なのになぜかほっとする場所があった。

これはニンタンを祀《まつ》る神殿だな。

同じ神が祀られている神殿はどことなく似た雰囲気になりがちだ。建物の様式などが似てくるせいだ。なので、訪れたことはなくても、少しだけなつかしい感じがあるのだろう。

神殿前のベンチが空いていたので、少し休憩する。水筒《すいとう》を出して、お茶を飲む。これはさすらいの旅っぽいな。

「妙な場所におるのう」

お茶を飲んでいる時に声をかけられて、気管に入りかけた。

ニンタンが目の前に立っていた。

「なんで、こんなところにいるの？」

「いや、朕《ちん》の神殿であるから、普通じゃろう。むしろ、そなたがなんでおる？」

それはごもっともだ。

私は自分が旅をしていることを話した。

「変なことを考えるのう」

神であるニンタンは理解しかねるという顔で、腕組みをした。

「で、一人旅をして何か新たな発見があったりはしたのか？」

直球でニンタンは尋ねてくる。

それは私にとって、かなりきつい質問だった。

「正直、今のところ、何もわからない」

ニンタンがあきれた顔をしたので、あわてて言い訳をする。

「一人でいる期間が短すぎるっていうか、ほぼ誰か知ってる顔に出会うから、一人旅になってないんだよ！　だから、一人旅の感想を言いようがない！」

せめて、一人で十日はぼうっとしてないと、よかった点も悪かった点も出てこないだろうし、それどころか「家族って大事だよね」って気持ちすら抱けない。

短期間にもほどがあるのだ。二泊三日の出張でホームシックになる人が少ないようなものである。

「そういうものか。放浪の旅など何かを得るために行うものではないから当然かもしれぬが、だったらわざわざしなくともよい気がするがな」

「その正論は私が何も言い返せなくなるからやめて」

目的もないことをなぜやっているのかと言われると、ククの歌の影響を受けたからとしか言えなくなってしまう。

つまり、歌に乗せられたわけであり、あんまり胸を張れるようなことではない。

本に旅ブームと書いてあるのを見て旅に出ましたというのよりはマシだけど、外部からの影響によるものなのは違いないしな。

ニンタンもベンチの隣に座ってきた。

ほかの人間にはニンタンは見えないはずだが、ニンタンのところに座ってきたりはしないのだろうか。なんとなく、ここに座ってはいけないような気がして、座らないようになっていたりするんだろう。

「朕としては、どうせ『家族の大切さを実感しました』みたいな、つまらないことを言うのかと思っておったが、それすら出んかったな」

「つまらないというのは言いすぎだけど、ベタな回答に聞こえるというのはわかる」

「そうであろう。自分から勝手に家族と離れておいて、家族の大切さ云々《うんぬん》を言い出したら、それは愚者である」

まあ、マッチポンプ的ではある。

もっと普段から感謝しろという話だし、一人旅の間、家族が心配している可能性もあるわけだし、自己中心的と言われれば反論は難しい。私の場合、危険に巻き込まれるという心配はされてないけど。

「今のところ、一人旅と言えないような旅だから、本当に一人でぶらぶら歩いてたら、違う感想を抱くかもしれないけどね。家族も恋しくなるだろうし」

「つまり、そなたは一人旅ができんぐらいにいろんな者と知り合ってきたということなのかもな。もし知り合いが誰もおらぬなら、どこに行ったって知り合いに会うことはないわけであるし」

「知り合い、増えたなあ……」

私はニンタンのほうを見て、嘆息《たんそく》した。

三百年間、ほぼ一人で暮らしてきたのがウソみたいだ。もちろんウソではなくて現実だし、その生活もそれなりに楽しかったから三百年も続けてこられたわけだけど。

しかし、そこからの密度がおかしい。

知り合った人だけでどれだけいるだろう。もはや多すぎて数えられない。

「神が知り合いにおる時点でおかしいからのう。それだけ、そなたはイレギュラーということじゃ」

そこで、ニンタンはにやりと笑った。

「イレギュラーな存在にしかできんことはいろいろあるからのう。おそらく、これからも何かと頼むことになると思うぞ」

「お、お手やわらかに……」

神からも厄介事《やっかいごと》を持ち込まれるぐらいだから、私の巻き込まれ体質はこの後も変わらないのだろう。

ニンタンの神殿がある町に着いたのはお昼ぐらいで、まだ日暮れには遠かったので、せっかくなので次の町を目指して歩くことにした。ニンタンからは「次の村は小さいし、ここのほうが宿は大きいぞ」と言われたが、知り合いのいる町で泊まっても一人旅っぽさが減るのだ。

山の峠を越えた先にあった村はニンタンが言うようにたしかに小さかった。ちょっとした集落といったサイズだ。これはフラタ村より小さいかな。

ひなびている。でも、ひなびているような土地に来てこそ、さすらいの旅っぽい。

大都会や観光地ばかりぶらつく、さすらいの旅はおかしいのだ。それだと、特定の志向を持って移動していることになるから。さすらうからには、わざわざ来ないような村にも寄るべきである。

宿を確保してから、村唯一の飲食店である酒場に向かう。うん、これぞ、一人旅！

と、見慣れた白いローブが目に入った。

「あれ、義理のお母様、なんでこんなところに来たんですか？」

シローナだった。その先客のシローナが理解不能といった顔でこちらを見ている。

シローナのわからんという顔、微妙に険《けん》があるんだよな……。

「もしかして、イノシシ退治の依頼でもされました？　それなら、まだ理由もわかるんですが」

「違う……。その、目的は何もないんだ。一人でぶらぶらしてるだけで……」

シローナにさすらいの旅をしてる最中ですって言うの、抵抗がある。絶対にあきれられるだろうし……。

シローナが表情を曇らせて言った。

「あの、もしかしてですが、さすらいの一人旅だったりしませんよね？」

「まさにそれだよ！　そんなに、何を考えてるんだみたいな顔をしなくてもいいじゃん！」

「いえ、一人での旅がおかしいとはワタシは思いませんよ。冒険者だって似たようなものですから」

それはそうか。最近は変わってきてるようだけど、従来の冒険者は大半がさすらいの一人旅みたいなものだ。

しかし、シローナが何か恐れているような態度なのは変わらない。

「義理のお母様、もう一つお尋ねしますけど、ククさんの『猫はさすらいの旅に出る』って曲を聞いて影響を受けたりしましたか？」

「心でも読めるの？　それとも、家族がよくこの曲を聞いてるって言ってたりした？」

こんなの、ヤマカンで当たる次元じゃないぞ。

シローナは頭痛がするみたいに頭を押さえた。

どういうことだ？　歌の中に人を旅に誘《いざな》う魔法の効果でもあったりするのか？　そんなことになったら、問題のある商品として回収するだろうし、ククの責任問題になるかもしれない……。

「あの曲が発売されてから、触発されてさすらいの一人旅に出る人が世界規模で増えているんです。いわば一人旅ブームですね」


「流行になってたのか！」


「揶揄《やゆ》する人の中では、いきなり一人旅をスタートさせた人たちを『さすらい』って呼んでたりします。『また、さすらいみたいな奴を宿で見かけたぞ』みたいな使い方をします」

「完膚《かんぷ》なきまでに私のことだ……」

私もさっきのシローナと同じく、頭を押さえた。

「一人旅って流行とかそういうものからは切り離された行動だと思ってたのに、思いっきり流行に則《のっと》ったことをやっていた……」

無茶苦茶《むちゃくちゃ》恥《は》ずかしい。これなら、流行と知ってるものにそのまま乗っかるほうがマシだ。旅ブームですという本を読んで、旅をするほうがまだいい。

流行なんて関係ないスタイルの生き方をしてると思ってたら、それこそ流行だったというのは騙《だま》し討ちにあったようなショックがある。

「その様子だと、一人旅ブームだなんてご存じなかったようですね。あの高原にブームの情報が入ってくるとは思えませんし、そうなんでしょうけど、知らなくても似た行動をとっちゃうものなんですね。人の心理として興味深いです」


「言わないで……。もう、何も言わないで……」


きっと、さすらってやろうと思った人間が各地に同時多発的に現れたのだ。

その大半の人間は、意識的か無意識のうちかわからないけど、さすらうという物珍しいことをしてやろうと考えたはずだ。私もその一人だった。

つまり、「自分は周囲とは違う」という発想の元で、同じことをやってしまってるわけである。

きっと、最初から一人旅を続けてる立場の人間からすれば、「何なんだ、こいつら」と思っただろう。

「本来、一人旅というのは自意識を大きくさせてやるものじゃないですからね。なのに『自分こそは一人旅をしている者なるぞ』って顔で街道を歩いてたりしてるから目立ちますよね」

「傷に塩を塗るようなことはやめて！」

◇

私は長距離を走る馬車に乗って、あわただしく高原の家に帰った。

「た、ただいま……」

ちょうど掃除中のライカと最初に目があった。

「あら、アズサ様、けっこう早かったですね。てっきり一か月は旅をされるのかと」

「当分、一人旅はいいや。あっ、いろいろお土産《みやげ》買ってきたよ」

大量のお土産を買うさすらいの旅など存在しない。

私は自分の中でこの旅を強引《ごういん》に観光旅行に切り替えたのだ。

それに、どこに行っても誰かしら知り合いと会うし、私に一人旅は向いてない。

知り合いが多いなら多いなりに楽しく生きていくのが正しいんだろう、そういう結論に達しました。

シローナがケンカをした

ある日の夜、ちょうど夕食を食べ終えた頃《ころ》。

ドアがとんとん叩《たた》かれたので一体誰《だれ》かと思ったら、シローナだった。

「夜に来るなんて珍しいね。でも、冒険者なら到着が夜になるのも珍しくないのかな」

冒険者の活動は昼間のほうが安全そうだし。昼間にダンジョンなどでの仕事を終えて、日が暮れてから移動すれば到着が夜ということもありそうではある。

「別にそういうわけでもないんですけど。義理のお母様、とりあえず、今日は泊めてください。突然で準備ができないので無理というなら、そのへんで野宿します」

「そんな当てつけみたいなことされるなら、なんとしても部屋を用意するわ！」

サンドラの横で寝袋に入ってるなら、それはそれで楽しそうではあるけど、家にいるこっちが気持ちよく眠れないのでダメだ。

そこにファルファがやってきた。

「お泊まりするんだね～。じゃあ、ファルファが空いているお部屋を掃除しておくね～♪」

「お姉様、それは申し訳ないです。使わせていただく部屋はもちろん、屋根裏まであらゆる場所を掃除しますから！」

「こっちが気をつかうから、普通に客人として遇させて！　ごはんはもう食べてきたの？　簡単なものなら用意するけど」

ドラゴンが二人住んでいることもあって、この家は食材のストックは多い。一人増えるぐらいならいくらでも対応できる。

「ごはんはいりません。ただ、テーブルでこれでもちびちび飲ませてください」

と言うと、シローナは瓶《びん》を一つ取り出した。

ラベルから白ワインだとわかる。やっぱり白にこだわるんだな。

「そしたら、酒の肴《さかな》でも出すよ。座ってて」

今度はハルカラがやってきた。

「おっ、飲むんですか？　ではわたしも参加しましょうかね～」

最近飲む量はセーブしてたのに、客人がいるのをいいことにここぞとばかりに飲む気だな。

「向かいの席で飲んでもらう分にはいいけど、何も話す気はないですよ。一人でゆっくり酔いたいんです」

「え～。つれませんね～」

ハルカラがほっぺたをふくらませた。

これはどっちの気持ちもわかる。生きてれば一人でお酒を飲みたい時も、多人数でわいわい飲みたい時もある。この場合はシローナとハルカラの思惑が一致しなかったのだ。

シローナが掃除に向かうファルファにやたらと頭を下げている後ろで、私はつまみになりそうなものを作りにかかった。余った鶏肉《とりにく》を小さく切って、キャベツとともに、甘辛いソースをたくさんかけて炒める。

甘辛くして、味付けを濃いめにしておけば、とりあえずつまみにはなるのではないか。

白ワインに合う料理かは知らないけど（淡白《たんぱく》な味付けのもののほうが合う気はするけど……）、シローナが全然手をつけないなら明日の朝にでも食べよう。

シローナはゆっくり酔いたいと言っていたが、お酒のペースは明らかに速かった。

普段どれぐらい飲むのか知らないけど、それにしてもけっこうな勢いで瓶の中の白ワインが減っていく。

これ、一本では足りないぞと思っていたら、二本目のとっくり型ボトルが出てきた。こっちは中身が白く濁《にご》っている。濁り酒というものだろうか。そして、今回もやっぱり白だ。

ハルカラもシローナのペースが速いので、ちょっと驚いていた。

それで酔いも覚めたのか、自分で飲むのは途中でやめて、シローナを観察するモードに入っていた。

「スライムの精霊だと、アルコール分解が速かったりするのかもしれませんが、それにしてもよく飲みますね……」

ハルカラが軽く引いてるぐらいだから、とんでもない飲み方なんだろう。

一応、私が出したつまみも食べてはいるけど、あくまでも目的はお酒を入れることだという飲み方だ。

こんな飲み方なら、白ワインに合う料理も何もあったものじゃないな。

飲みはじめから一時間半後、ハルカラが台所の私のところに注進に来た。

「シローナさんのあの飲み方はまずいですよ。お酒を楽しむという気がないです。酔いつぶれるためだけに飲んでいます」

「みたいだね。それは私もわかる」

「ああいう飲み方はお酒に対する冒瀆《ぼうとく》です。あれなら眠り薬でも使ったほうがマシですよ」

「お酒に対する冒瀆にあたるのかは置いておくとしても……酔っぱらいたい事情はありそうだね」

仕事の慰労というようなことではなさそうだ。

何か問題が発生していて、ヤケ酒でもしなきゃやってられないという態度である。

だったら、それが何か尋ねるぐらいのことはしたほうがいいだろう。

もっとも、本人が包み隠さずに教えてくれるかはわからないけど。だとしても、尋ねるだけならタダだ。それにあんな飲み方なら初対面でも問題を抱えてると気づく。

泊めもするんだし、尋ねるぐらいの権利は私のほうにある。

私は水を持っていくついでにシローナに聞いた。

「ねえ、何があったの？　そんなに腹立たしいことがあった？　冒険者同士の人間関係でトラブルでも起きた？」

シローナの目は据わっていたが、それでもこちらに視線は向いた。手はコップを握り締めたままだ。

「冒険者に関することではありません。あと、厳密に言えば、人間関係でもありません」

「『厳密に言えば』ってところが謎《なぞ》だな。魔族や精霊との関係ってこと？」

シローナは景気づけみたいにコップに残っている酒も一気に干してしまった。

そのへんの人がやったら健康によくない飲み方だけど、スライムの精霊なら本当にしっかりアルコールを分解できたりするんだろうか。ハルカラなら二日酔い確定だ。

それから、シローナはこう言った。

「シロクマ大公とケンカしました」

「本当に、厳密に言えば、人間関係じゃなかった！　クマとの関係だ」

そんなところに厳密性がいるのかとは思うが、たしかに人間関係で悩んでいると言われたら、シロクマ大公の顔は思い浮かばなかった。

「どうして、ケンカすることになったんですか？　人当たりのいいクマさんだったと思いますけど」

ハルカラが尋ねた。

ハルカラは人当たりというか、性格が最悪のクマの幽霊に苦しめられた経験があるので、余計にシロクマ大公の人格的な素晴《すば》らしさを評価している節がある。もしシロクマ大公がフリーなら、ハルカラ製薬で雇おうとしてもおかしくない。

「のっぴきならない事情があったんです。これは譲れない問題でした」

ぼそぼそとシローナがうつむいたまま話す。

「簡単に言えば、『白さ』観の違いで対立しました」

「なんだその音楽性の違いみたいなやつ」

音楽性の違いよりも、だいぶ幅が狭そうだな、「白さ」観の違い。

「簡単に言われすぎたせいで、よくわからないままですよ。シローナさん、もう少し具体的に言ってください」

ハルカラの言うとおりで、ああ、「白さ」観の違いが原因かと納得する人なんていない。別に芸術的な「白さ」や、親しみやすいポップな「白さ」とかないと思うし。

「先日、シロクマ大公に遠方でのおつかいを頼んでおいたんです」

話の腰を折るから言わないけど、シロクマ大公は当然のようにおつかいも行ってるんだな。とことんよくできたクマだ。

「そしたら、シロクマ大公がお土産《みやげ》を買ってきてくれたんです」

お土産まで！　なんて気が利《き》くクマだろう。

そんな大公とケンカすることになるなんて考えづらいぞ。

「シロクマ大公が買ってきたのは真《ま》っ赤《か》なイチゴでした。そこでワタシはこう言ったんです。どうせなら白イチゴを買ってきてほしかったと」

「それはシローナが悪いでしょ！」

お土産に文句《もんく》をつけたら、シロクマ大公も気分を悪くするぞ。

「白イチゴというのは白い色のイチゴの品種ですね。ぱっと見は熟してないように見えますが、赤くならずに白いままなんです」

ハルカラがエルフらしく補足してくれた。名前からして、そうだろう。

「待ってください！　ワタシだって赤いイチゴしかない土地なら、そんなことは言いませんよ！でも、シロクマ大公が行った土地はちょうど白イチゴも旬の時期だったんですよ！」

いやあ、それは自己弁護にはならないぞ。

仮に心で思ったとしても、口で言ってはいけないことというか……。

「いえ、ワタシも白イチゴを買わなかったことを責めたんじゃないんです。イチゴが発端になって、『白さ』観の論争になったんです」

ここから論争になるほどの深い話になると思えないけど、聞くだけ聞こう。

「そこで、シロクマ大公はイチゴぐらい赤くてもいいでしょうと言ったんです。大半のイチゴは赤いですよと」

だろうなあ。白イチゴという言葉が存在することこそ、普通のイチゴは白じゃないという証拠だ。

「それにワタシは怒りました。イチゴぐらいなら赤くてもいいという発想はたるんでる証拠だと言ったんです。油断大敵ですよと」

「イチゴを土産で買って油断してると言われるの、普通に萎《な》えますね」

ハルカラが正直に言った。私も同意したい。

けど、ここでシローナが戦犯と言いまくると出ていってしまうので、もう少し話を聞こう。

「シロクマ大公はイチゴは赤くてもおいしいのだから、それでいいと言うんです。結果的に、『白さ』観の論争に発展しました……」

深い話になるとは思ってなかったけど、案の定、浅かった。

「そこから険悪な空気になってしまい……翌朝になると、こんなものがテーブルに置いてありました」

シローナがテーブルに紙を置いた。

クマの手形のスタンプだった。


「シロクマ大公による『しばらく出ていきます』という意味の書き置きです」

「この手形でそういう意味になるんだ！」


表面上はクマの手ということ以外の意味は見いだせないぞ。

でも、実際にシロクマ大公がどこかに行って帰ってこないのであれば、出ていったことは事実なのだろう。

「ワタシもげんなりして、白蛇とホワイト・タイガーに留守番をお願いして、ぶらぶら三日ほどほっつき歩いていました。今日が三日目です」

話は終わった。

「白を強調しすぎたせいで、シロクマ大公の我慢《がまん》が限界に達したんだろうね」

「おそらく、過去にも似たことがあったんでしょう」

私もハルカラも似た結論に至った。

シロクマ大公に愛想《あいそ》を尽かされたな。シロクマ大公は見た目は白いけど、別に白を好きなわけじゃないからな。

「ちょっと！　目の前で酒を飲んでいる人間がいるのに、そっちのフォローは誰もしないんですか！」

シローナが苦情を申し立てているけど、事情が事情だからなあ。

「よかれと思って買ってきたお土産にダメ出しされたら、たいてい誰だってカチンと来るよ」

「ワタシは……あくまでも、『白さ』に対しての意識で話をしただけで……お土産を否定したわけでは……」

シローナの言葉はキレがない。

まずいことをしたという意識はシローナにもあるな。

「だとしても、シロクマ大公はお土産を買ってきて、説教されたみたいになって、嫌《いや》な気持ちになったわけでしょ。シローナのほうが頭を下げないと仕方ないんじゃない？　まあ、シロクマ大公がいないから、今は下げてもしょうがないけど」

「わたしもお師匠様に同意です。でも、そこまで深刻な問題ではなさそうなので、よかったじゃないですか。言いすぎてケンカになった――よくあることです」

ハルカラは手形のスタンプの紙をつかんだ。

「こんなふうに連絡をするぐらいの心の余裕がシロクマ大公にもあるわけですから、そのうち戻ってくるとは思いますよ。シロクマ大公も反省を促《うなが》すことができればそれでいいと思っているかと。もう一緒にやってられないという判断なら、書き置きもせずに去っていますよ」

本当にそういう解釈でよいのか確証までは持てないが、その可能性は高いな。

おそらく、「家出します」という意味の書き置きなんだろう。

「ワタシも……悪かったとは思っているんです……。言い方というものがあったなと……。非がないと思ってるなんて言ってません」

シローナがうなだれたまま、言った。

こちらも反省はしているようだ。そうでなければ、ヤケ酒をするような心の動揺もないはずだ。

ということは、時間が解決してくれることではあると思う。

「一週間後か、一か月後かはわからないけど、いずれ二人が再会した時にシローナが頭を下げれば、それで万事解決するね」

シローナがうなずく。

なんだかんだでシローナは強めに後悔も反省もしているわけだから、これ以上こじれることはあるまい。

シローナがこの態度の時点で、論争に関してはシロクマ大公の勝ちだ。

シローナ以外、論争だと思ってないけどね。

「あの、シロクマ大公が戻ってくるのにもまだ時間がかかると思いますし、しばらくこちらの高原の家にいてもよいでしょうか？」

「それぐらいなら、いいよ。部屋でぼうっとするもよし、高原の丘に寝そべってぼうっとするもよし」

シローナもスライムの精霊だからな。私の娘と言っていい立場なのだし。

「結局、ぼうっとするしかないんですね」

「いや、ぼうっとするのは大切でしょ。洞窟《どうくつ》を攻略したりしたら、日常と変わらなくなっちゃうし。何かを切り替える時には、スケジュールは空っぽのほうがいいよ」

「そうですね。ワタシも変わらないといけない時期なのかもしれません」

このシローナがすぐに変われるとは思えないのだけど（筋金入りの白いもの至上主義者だから）、本人が変わる意思があると言っているだけでも大きな変化と言えるかな。

私は変わらなくても、ごめんと謝ればそれでいいと思うんだけど、ごめんと謝るだけのほうが難しいこともあるのかもしれない。

だったら、できる範囲で自分を変えてみるのも、アリではなかろうか。

◇

翌朝、シローナも朝食の食卓にいた。

あれだけお酒を飲んで大丈夫《だいじょうぶ》なのかと思ったが、まったく二日酔いのような反応はない。

やっぱり精霊はアルコールぐらい簡単に分解できるのか。それともスライムの要素がアルコールを分解しているのか。

ファルファとシャルシャはお酒を飲まないし、酒豪の精霊も知り合いでいないので判断できないな。

「シローナさんが朝からいるというのは珍しい。いいアクセントになる」

シャルシャはいつもより楽しそうだ。

「ごはんの時間はにぎやかなほうが楽しいよね♪」

ファルファもニコニコ顔だ。シローナが来ている理由はそんなに楽しい事情ではないとはいえ、食卓が活気づくこと自体は私も歓迎する。

シローナはすぐに高原の家に来た理由を自分から説明した。

隠す気はまったくないわけか。そのあたりは潔い。

「今回はワタシの白さに対する拘泥《こうでい》によって、シロクマ大公を不快な気持ちにさせてしまいました。これをいい機会だと思って、ワタシ自身を改革していこうと思います。なにとぞよろしくお願いいたします」

ずいぶんおおげさな話に聞こえるが、こういうのは言ってる本人はいたって真面目《まじめ》なことが多い。できる限り、私たちもバックアップしていきたい。

もっとも、具体的に何をどう変革するのか、さっぱりわからないが。

「おっ、魂がメラメラ輝いてるぜ！　これはやる気だな！」

ロザリーがシローナの魂について語ってくれたので、やはりガチではあるようだ。

「はい、新たな自分に生まれ変わるべく努力します」

「その意気ですよ。ピンチはチャンスになりえます。すべては自分の心持ち次第です！」

ライカはやる気のある人間は絶対に応援する。そこは今回も変わらない。

結局、シローナが何をするのか不明だが、やる気だけあってプランは一切《いっさい》ないということはさすがにないと思うし、何かをシローナなりにやるのだろう。

でも、冒険者としての活動も高原の家を拠点にするとやりづらいし、当面はぼうっとするのかな。どっちでもいい。

私としては娘をバックアップするつもりで接するぞ。

シローナは優雅に食事をとっていたが、スープを飲み終えてから、こう言った。

「というわけで、自分を変えるためにお姉様方とともに、街に出かけようと思います」

「うん、いいよ～」

「妹のためには協力せねばならない」

ファルファとシャルシャも二つ返事で同意した。

姉妹だんらんの時間も大切なので、自分改革でも、たんなる買い物でも好きなだけやってくれればいい。

「ああ、ですが、ここから州都クラスの街に出るには時間がかかりますね。ライカさんかフラットルテさん、送迎をお願いいたします」

「州都ヴィタメイでいいですか？　それならたいして時間もかかりません」

移動はライカが担当してくれるようだ。

「新しいワタシになってみせますよ。シロクマ大公もこれなら仕えてもいいかと思うような。こうご期待です」

言葉がおおげさだけど、ひとまずシローナのお手並み拝見といこう。

朝食を食べ終えると、シローナたちは早速、ライカに乗って出かけていった。

気合が空回りしなければいいけど、ファルファとシャルシャもいるわけだし、大丈夫だと思う。

「ところで、シローナは何をどう変えるつもりなんだろうね」

家に残っていたフラットルテに尋ねた。フラットルテ自身はシローナには興味なさそうにしていたけど。

「どうせ、たいして何も変わらないですよ。あいつはプライドが高いですからね。今の自分を別物にできるとは思えません」

「厳しい意見だけど、わからなくはないな」

シローナは自信家だ。

ただし、それは職業柄、必然的にそうなるものでもある。

冒険者というのは、自分の腕で世を渡っていく存在なので、自信がなければやっていけない。そして、冒険者を続けて腕が上がれば、さらに自信も強まる。

そんなシローナが果たして自分をどう変えるというのか。

「冒険者の中でも魔法主体じゃなく、剣士として戦うことにするとかかな。新たに剣の稽古《けいこ》をするなら、新しい変化だよね」

「ご主人様、そこまで変わらないと思いますよ。どうせ、髪形を少し変えたとか、それぐらいじゃないですか？」

フラットルテはやっぱり辛《から》く点をつけるな。

「けど、今のシローナが髪形を変えるって難しくない？　そんなに長くもないし」

「たとえば、坊主頭にするなんて選択肢もあります」

「坊主頭！」

それは思い切りすぎでは……。

いや、しかし、自分の反省みたいなものもシローナの口ぶりからにじみ出ていたし、ありえないとも言いきれないのか……。頭を丸めるというのは自分を変えたというアピールとしては強烈だし。シロクマ大公も、見てすぐに主人の決意が知れるしな。

「坊主頭にするとは思えないけど、ベリーショートとかならありうるか……」

少々気がかりになってきたけど、やれることなど何もないので、私はシローナたちが帰ってくるのを待つことにした。

そして夕方になって、ドラゴン形態のライカが戻ってくるのが見えた。

さて、シローナはどう変わっているのか。遠目に見ると、髪形が変わったということはないと思う。剣士らしい格好になっているわけでもなさそうだ。

でも、たしかに変化したという部分はあった。ライカから降りてきたシローナを見た途端、自分の脳内でこういう感想が漏《も》れた。

ゴスロリみたいになってる！

白が基調のところに黒の要素がちりばめられていて、いかにもなゴスロリなのだ。服の面積の三分の一が黒で残りが白といったところか。

とはいえ、これまでの白い服だって普段着っぽくないというか、あれで原宿《はらじゅく》や渋谷《しぶや》を歩いていればゴスロリの人だなと認識されたとは思うが……とにかくこれまでよりは一般的な（？）ゴスロリっぽくなった。


「ただいま帰りました、義理のお母様。自分を変えてきましたよ」

シローナ本人は、どうだといった態度でいる。まさに自信家の顔だ。

こっちとしては、感想を聞かないとまだ納得できるというところまでにはならないな。服を買っただけではという気がする。

「何が変わったか、具体的に言葉で教えて」

「えっ？　これを見てもわからないんですか⁉」

ショックを受けたような、一方でバカにしたような反応をシローナはした。

「ほら、服が違ってるんだからその変化はすぐ気づくけどさ、それは自分を変えたと言える次元のことかっていうと、よくわからない。おしゃれをしただけなのとどう違うわけ？」


「白を追求し続けたワタシのスタイルに、なんと黒を加えたんですよ！　一大転換です！」

「そういうことか！」


たしかにこれまでの服は徹底して白だったな。

その白の三分の一が黒に置き換わるなら、大きな変化ということか。

いわば、リバーシですべての枠が白で埋められてる勝負と、三分の一は黒が残ってる勝負の違いというか。

「これはワタシにとって、とてつもない変化です！　白だけでないものを取り入れたと誰が見てもわかるでしょう？　むっ、そんなに納得してないようですね」

私の顔を見て、シローナが不満げに言った。

変化はわかるんだけど、鬼の首とったように言うほどのことかという気持ちはある。

そこにフラットルテも出てきた。

「なんだ、服を変えただけか。ろくに変わってないのだ」

「失礼ですよ！　劇的な変化じゃないですか！　わかりました！　だったら、もっと大きな変化の服も買っているからそれを着てみましょう！　なんと、黒が七割、白が三割の服なんですよ！」

つまり、黒が基調のゴスロリの服だ！

私の予想は当たって、一回高原の家に入ったシローナは黒が七割、白が三割のゴスロリにしか見えない服で出てきた。

ていうか、私たちもダイニングなり室内で待っていればよかったのだけど、シローナも大々的に登場したいだろうし、外で待っていた。シローナが出てくるまではファルファとシャルシャから買い物の様子を聞いていた。

「見てください！　ここまで黒が多い服も我慢して着ているんですよ」

本人の中では我慢しているんだな。やはり白が多い服のほうがいいのか。

「剣士にジョブチェンジしたことなんて比じゃないほどの変革じゃないですか！」

「そこまで!?　そこまで大きく変わってるつもりなんだ！」

世間的には、剣士にジョブチェンジするほうが大きな変革だと思うけど、本人がどう思うかが一番大事だからな。私たちが考えていた以上に、シローナは白に対するこだわりを持っていることはわかった。

結果的にシローナの衣装がゴスロリっぽいものに傾《かたむ》きました。

◇

それから一週間ほどシローナは高原の家に滞在していた。

何か意外なことをしていたりしたわけではないが、強《し》いて言えば黒が入ったゴスロリの服を毎日着ていた。

本人いわく、「黒に慣《な》らす必要があるので」とのこと。

私にはわからない感覚だが、本人に意味があるのなら、一か月でも二か月でもここで慣らしていけばいいと思う。

で、そんな高原の家に新たな客人がやってきた。

またしても全身が白い客人だ。それだけでなく、毛深い。

つまりシロクマ大公だ。小さなカゴを持って高原の家に来た。

シロクマ大公を見たシローナは一瞬表情を強張《こわば》らせたが、「その節は失礼いたしました……」と頭を下げた。

それから、シロクマ大公のところに駆け寄り、抱き着いた。

うん、ちゃんとごめんなさいと言えたわけだし、これで一件落着だ。

黒が入った服を着るようになったとか、そんなことは謝れたこととの一割の意味もない。必要なのは、ごめんなさいと直接伝えることだ。

シロクマ大公もぽんぽんシローナの肩を叩いた。

おそらく、自分も大人げなかったといったことを話しているのだと思う。それはシローナの「いえ、シロクマ大公は悪くないです」といった言葉からわかる。

「じゃあ、これで仲直りだね〜」と後ろで見ていたファルファが笑った。

うん、絶対に仲直りできたね。

ファルファも今回は本当に姉みたいな態度でシローナのことを見ていた気がする。

それから、シロクマ大公はカゴをシローナのほうに渡した。

プレゼント、いや、この場合は仲直りのしるしと表現するほうがいいのかな。

「シロクマ大公、これは、いったい何ですか？　あっ、白イチゴ！」

カゴの中にはシローナが求めていた白イチゴが入っていた。

「ありがとう、ありがとう！」

シローナはもう一度、シロクマ大公に抱き着いた。


そのあと、聞いた話によると、シロクマ大公は白イチゴを入手しに出ていったという。

つまり、手形はしばらく家出をしますという意味ではなかったということになる。シローナも結局、わかってなかったのかという話だが、コミュニケーションというのはそれだけ難しいものなのだ。

もっとも、シロクマ大公も、そこまで白イチゴがほしいと言うならもう一回買いに行ってやりま

すよという、なかば暴走したような気持ちで翌日から買いに出たわけなので、シローナが怒らせたという点はだいたい正解だった。

その後、シロクマ大公はアイデルという辺境《へんきょう》にある屋敷に戻ってきたが、シローナが高原の家に行ったことを留守番のホワイト・タイガーなどから聞かされ、こちらまでやってきたという。

なんとも人騒がせな話だ。

けど、何も用意せずに、住んでた屋敷で話し合って解決というのは難しい。場所の違いや、視覚的にわかるものがあったほうがいいのだろう。それは見ていて、強く感じた。

シロクマ大公も白イチゴを準備してきたわけだもんね。

ゴスロリの服も白イチゴも、仲直りをスムーズにするためのアイテムなのだ。


シロクマ大公は高原の家に来た翌日はゆっくり休ませて、次の日にシローナと一緒に屋敷に帰ることになった。休息は大切だ。

「それじゃ、ワタシたちはこれで」

「はいはい、ケンカはほどほどにね。それと、その服で帰るんだね」

シローナは今日も黒が入った服を着ている。

「はい、このまま黒にも慣れていきたいですからね」

「それ、案外気に入ってるんじゃないの？」

「何か言いましたか、義理のお母様？」

シローナの目が据わった。

本当に気に入ってきてるとは思うけど、本当のことだからこそ指摘されて怒る人もいるしな。わざわざ指摘するのはやめておくか。

少し離れたところでシロクマ大公が向き直って、またこっちに手を振った。

シローナの服のバリエーションが増えただけの気もするけど、バリエーションが減ったわけじゃないのだから、いいことだ。

「はい、手ごね焼きランチ、お待ちっス！」

ミスジャンティーが私たちの前に順番に手ごね焼き（いわゆるハンバーグ）をテーブルに置いていく。

すぐにファルファとシャルシャの目の色が輝いた。シャルシャなんかは、「ほわぁ」と声が漏《も》れていたぐらいだ。

「鉄板が熱いうちに横のタマネギのソースをかけて召し上がってほしいっス。すると鉄板に落ちたソースがじゅうじゅういい音を立てて、余計においしく感じるっス。これがシズル感というやつっスかね」

ミスジャンティーの講釈を聞くまでもなく、娘たちは手ごね焼き（もう、ハンバーグと呼ぶ）にソースを垂らしていた。

「うん！　アツアツだけど、おいしい！」

「大変美味《びみ》。生きる活力がみなぎると言っても過言ではない」

ファルファもシャルシャも制限時間でもあるみたいに、ひたすらハンバーグを口に運んでいる。

やっぱり子供はハンバーグが好きなんだな。

ま、子供に限らないか。大人になったら、ハンバーグが嫌いになるわけでもないしな。実際に私も注文しているし。

今日はファルファとシャルシャを喫茶「松の精霊の家」に連れてきている。喫茶店というよりファミレスになっているけど、喫茶店で食事をとることもおかしなことじゃないので、別にいいだろう。

「二人とも、姉としてシローナに優しくしてあげてたからね。今日はそのご褒美《ほうび》。たくさん食べてね」

この言葉も聞こえてないいんじゃないかってほどに二人は真剣にハンバーグと格闘していた。

二人とも頼まれなくても姉として振る舞いたかったと思うけど、どちらにしろシロクマ大公が戻るまで高原の家に滞在していたシローナをサポートしていたのは事実だ。

よいことをしていれば、褒《ほ》めてあげないとね。

なお、ほかの家族のねぎらいはしないのかって話だけど、ドラゴン二人がお昼時に来るとイタズラ目的かと疑われるほど注文して迷惑をかけることになるので、夕方に行ってもらっている。

混んでいる時間に十五人前お願いしますというのはよろしくない。

かといって、一人前ではドラゴンにとって試食程度のものだし。こうなると時間をズラすしかない。

私たちはハンバーグを食べ終わった。タイミングを計《はか》っていたかのように、ミスジャンティーがアップルジュースを持ってきた。

「食後の飲み物っス。いやあ、これだけおいしそうに食べてもらえると作ってるほうもうれしいっスね」

これは本音なんだと思う。自分の店のものをおいしく食べている人を見て、嫌《いや》な気分になる人はいない。

「シェフを呼んでもらいたい気分」とシャルシャが言った。

「いいっスけど、ミスジャンティー神殿の神官が出てくるだけっスよ。シェフを呼んで、ありがとうって言うのはもっと格式が高い店でやるやつっス」

もう、ここで料理作ってる時点で、それは神官じゃないだろう。しかし、ファミレスでシェフを呼んでくれたまえというのは変ではないかと言われれば、それもそう。

「完全に店としては軌道に乗ってるね」

「最近は出前もやってるので、収益も上がってるっスからね。回転率を上げることに躍起《やっき》にならなくてもいいのはありがたいっス」

「そこまでがっつり経営者目線の話が聞きたいわけではないんだけど……」

ミスジャンティーはいろんな専門店があるかのように装って、全部ここの厨房《ちゅうぼう》で作って宅配していたということがある。

多分犯罪ではないがグレーな行為ではあるので、止《や》めさせて、まっとうな宅配サービスに変更させた。

喫茶「松の精霊の家」は喫茶「魔女の家」を継承している店なので（もはや、名前が似てるぐらいしかつながりがないが）、看板を汚すようなことをするなと言う権利が私にはあったのだ。

「まだ店頭には並んでないっスけど、竹の子供の料理も開発中っス。そちらは高級志向で竹料理専門店を狙《ねら》ってるっス」

そういえば、竹林を用意して、タケノコも収穫してたな。

そろそろミスジャンティーが松の精霊だということを忘れそうだ。

「ところでアズサさんも新しい分野のほうは、どんな感じなんスか？」

ミスジャンティーがよくわからないことを聞いてきた。

なんだ、新しい分野って。

助《すけ》っ人《と》として各地から呼ばれている気はするけど、それは新しい分野とは言わないしな。あくまでも高原の魔女一本でやっている。何も経営などしていない。

あるいは、ハルカラ製薬も私がやってると思ってるのか？　いや、ナスクーテの町で稼働しているハルカラ製薬のことは、ミスジャンティーだって詳《くわ》しく知っているだろう。この喫茶店はナスクーテの町からも近い。


「ほら、魔法僧正キュート・アビスのことっスよ～」

「ああ、キュート・アビスのことか――――――――って、その話は出さないでくれる⁉」

私は手で×印を作る。

その話が広がるとシンプルに恥《は》ずかしい。さらに魔法僧正宛ての仕事依頼などが来たりするかもしれない。まさに百害あって一利なし。

「話さないほうがいいんスね。いろんな噂《うわさ》が入ってくるもんで、油断してたっス」

ナタリーさんが変身したキュート・アンダーグラウンドはかなり噂になってたからなあ。フラタ村周辺でやたら出没したし（登場というより出没というほうがしっくりくる）。

あれ、でも、私は噂にまでなってたっけ……？　だって、キュート・アビスになってからほぼ戦ってないし。フラタ村で買い物してる時もキュート・アビスだなんて言われたことはないぞ。

今頃《いまごろ》になって、噂が流れてるとか？

これは確認をしておいたほうがいいか。

「ねえ、ミスジャンティー、噂ってほかにどんなものがあるの？」

「ええと、魔法僧正をやっている宗教の団体が托鉢《たくはつ》をしながら各地を回っていたとか。そこにアズサさんもいたとか。よく見るとキュート・アビスっぽいし、同一人物じゃないかとか。そういう話は聞いたっスね」

かなり最近のことだ！

なんで、そんなことまでバレてるんだ？

そしてフラタ村周辺からかけ離れた場所のことまで知られている！

こんな噂、どこで発生しているんだろう。本当に噂って謎《なぞ》だな。

「ねえ、ミスジャンティーはその噂をどこから聞いたの？」

このへんで出回っているとなると、よろしくない。

「この噂は、風の精霊から聞いたっスね」

「風の精霊！」

過去も何度かその名前は聞いたことがある。

どこに情報網があるのかわからないけど、ほかの精霊たちに噂をばらまいている存在だ。

「風の精霊がふらっとやってきて言ってたっス。高原の魔女が托鉢をしてたし、これはキュート・アビスとのつながりが疑われるとか」

大正解だ。モロに見抜かれている。よくない事態だ。

「将来的に魔法僧正キュート・アビスが世界の救い主だという教えを広めるつもりではないか、キュート・アビス教ができることも十分に考えられるとか、語ってたっスね」

根も葉もない要素もしっかり含まれている！

そして、当然ながら根も葉もない部分が広まるのも困る。

「キュート・アビス様、お救いください」なんて人がぞろぞろ来たら大変だ。本当にシャレにならない。

この機会に風の精霊に会っておくか。

噂を広めないでくれと釘《くぎ》を刺しておこう。

「ミスジャンティー、風の精霊ってどこに住んでるかわかる？」

「いやあ、風の精霊はまさに風のごとく、すぐに次の土地へと移ってしまうので、居場所もまったくつかめないっス。定住してる場所もないいんじゃないっスかね」

ある意味、風の精霊らしい属性ではある。

だが、感心している場合ではない。

キュート・アビスが世界を救うなんて噂を広められたら生活に支障が出まくる。

「そしたら、風の精霊はミスジャンティーの次にどこに行くと言っていたかはわかる？　誰《だれ》に会いに行くつもりだと言ってたかでもいい」

質問内容を変える。仮に住所不定だとしても次の目的地を語っている可能性はある。

「ええと……私がユフフさんの話をしたっスから、そしたらユフフさんのところにでも行こうかと言っていたっスね」

よかった。まだ私に面識がある範囲だ。

「じゃあ、ユフフママを呼んで！　風の精霊がどこに行ったか聞くよ」

「今は勤務中なんで、申し訳ないっスが、次のホール担当の神官が出勤してからにしてほしいっス。そしたら手が空くっス」

そのあたりは融通が利《き》かない！

あまり焦《あせ》りすぎるのもよくないし、昼食を終えると私は一度高原の家に戻って今後の計画を練ることにした。

風の精霊がまだユフフママのところに逗留《とうりゅう》しているという可能性は低い。ミスジャンティーが風の精霊に聞いたのも、まあまあ前だし。

となると、居場所探しは難航しそうだ。世界中を巡る必要もあるかもしれない。

私だけの機動力では限界がある。

これはライカに頼るほうがいいな。

ライカに話すと二つ返事で協力すると言ってくれた。

ただ、ライカは意気込んでるというより、青い顔をしていた。

「アズサ様が救い主扱いされたりすれば、その弟子《でし》の我までついでに信仰されるおそれもありますので……。決して他人事《ひとごと》ではありません……」

「それはそうかも……」

放《ほう》っておけばライカにも迷惑が降ってくる事案なのだ。そりゃ、解決しておきたいよね。

というわけで、ミスジャンティーの手が空いた時間に、私はライカと一緒にまた喫茶「松の精霊の家」に行った。

「ユフフさんには話を通しておいたっス。いつでも来てくれていいってことっスよ」

「ありがとう！　よし、風の精霊を見つけるぞ！」

◇

「キュート・アビスを止めようとしたキュート・アンダーグラウンドは敗れ去って、次は神格のプロティピュタンと戦うことになるかもって言ってたわね～」

「私がナタリーさんを倒したことになってる！」

言うまでもなく私は、ナタリーさんが正体のキュート・アンダーグラウンドを倒したことなどない。

「このままだと、知らないうちに極悪人にされかねないな……」

「アズサ様、その風の精霊という方、かなりの難敵ですね」

ライカもどうしようという顔をしていた。

「噂をばらまき続けて、本人は姿を見せない。これでは倒すこともできません……。このような戦法があるとは……。女学院ではこんな敵と出会うことはありませんでした」

「いや、別に風の精霊は敵ではないけどね……」

ライカのいた女学院は拳《こぶし》で語り合うところがあったからな。

たしかにバトル漫画みたいな世界観の場所で、デマを流す敵がいたらおかしい。ていうか、あの女学院なら、「それを真実だと信じさせたいなら私を倒してみることね」なんて言われそうである。

「それで、ユフフママ、風の精霊は次は誰のところに行くって言ってた？」

「火山の精霊のところだと言ってたわね。ただ、気軽に呼び出せるほどの接点はないのよね～」

そりゃ、精霊の中でも親しかったり、そうでもなかったりということはある。

世界精霊会議の運営に関与していたユフフママは精霊の存在については詳しいが、かといって全員と友達というわけではない。

「完全に私の都合によるものだし、私たちで精霊のところに直接行くよ。……飛ぶのは私じゃなくてライカだけど」

「我にとっても対岸の火事では済まないおそれがあるので、どこなりと向かうつもりです」

「そしたら、紹介状を作っておくから、それを持っていきなさい」

「助かるよ。火山の精霊は初対面だから、いきなり押しかけても誰なんだって話になるもんね」

「あら、紹介状は火山の精霊専用じゃないわよ。五十通ほど用意するから、知らない精霊に会うたびに出しなさい」

「そんな長丁場になるかもしれないの⁉」

私は久しぶりに底の知れない恐怖を感じた。

これ、風の精霊にまでたどり着けるのかな……。


火山の精霊は名前に偽りなく、火山の中にいた。

熱いのが得意なライカについてきてもらってよかった。フラットルテだったら入れないところだった。

火山の精霊は、名前からイメージできそうなマッチョな半裸《はんら》の男だった。これだけ名前とイメージが一致した精霊も珍しい。もっとも、松の精霊と聞いて、どんな精霊かイメージしろと言われても難しいけど。

私がユフフママの紹介状を出すと、すぐに理解してくれた。

「ほうほう。風の精霊はたしかに来たぞ。いつもながらいきなりやってきた」

「魔法僧正や高原の魔女に関して何か言ってなかった？」

「魔法僧正キュート・アビスが勢力を拡大していて、最高位の魔法僧正の立場で、自分の信じる神格を解任するのも時間の問題だとか言っていたな」

「完全に宗教を乗っ取る奴《やつ》になってる！」

元の噂は私が托鉢をしていたというだけだったはずなのに。噂が成長している。

あれ？　でも、この場合、噂が人づてに大きくなってるんじゃなくて、元の噂を流してる風の精霊の中で大きくなってるのか。そんなのアリか？

やはり風の精霊の居場所を突き止めるしかない。

「しかし、僧正って自分の信じる神格を解任できるものなのでしょうか？　解任できたとしても、それはもはや僧正ですらなくて、ただの人なのでは？」

ライカがもっともな疑問を指摘した。

「だよね。神が神を追い出すんじゃなくて、人が神を解任するって、その神の教えを信じなくなっただけだと思う。神を解任したから、自分が次の神ですってのは無理でしょ」

「そのあたりはよくわかんねえが、矛盾してることもあるだろ。所詮《しょせん》、噂だしな」

火山の精霊はなかなか話が通じるな。

「ところで、せっかく来たんだし、溶岩にでもつかっていくか？　よく煮えてるぜ」

「あっ、けっこうです。それはさすがに死ぬかもしれない……」

「レッドドラゴンも溶岩に入るまではやらないですね……」

火山の精霊の価値観はやっぱり独特だったな。

「そっか。溶岩につかってれば、パンツ穿《は》いてなくても見えなくて楽なんだけどな」

人前だからパンツ穿いてたんだ！　そのあたり、精霊なりにＴＰＯをわきまえてるんだな。

「仮にパンツ穿いても、溶岩に入れば消えてなくなっちまうんだけどな」

誰もパンツの話題を広げたいわけじゃないので、このへんで止めたいな。

「あの、火山の精霊さん、風の精霊が次にどこに行くと言っていたかわかりますか？」

ライカが積極的に動いてくれるのでありがたい。

「次はクラゲの精霊に会いに行くって言ってたな」

「キュアリーナさんか！」


キュアリーナさんは芸術学校近くの寮に住んでいた。

画家としてのキャリアは明らかにプロなんだから、もう少しいいところにも住めるだろうと思うけど、学生の立場になったので、また初心に返ろうという意図なのかもしれない。

キュアリーナさんは狭い部屋で絵を描いていた。

あと、室内には意図的に壊された絵も何枚かあった。

そういう絵がつなぎ合わされたりもしていたので、ダメな作品だからカッとなって破壊したのではなく、新しい作品を作るために利用しているらしい。

「そういえば、風の精霊が来た気がする。クラゲゲゲ」

絵を描きながらキュアリーナさんは言った。創作中に邪魔《じゃま》をしている立場なので申し訳ないが、風の精霊の居場所を突き止めるためにご協力をお願いしたい。

「魔法僧正の噂について、何か言っていなかったですか？」とライカが率先して聞いてくれた。

「作業中だったので全然覚えてない。お茶も出さなかったら帰っていった。クラゲゲゲ」

聞いてすらないというパターンもあるのか！

噂が広まりようがないのでその点はありがたいけど、次にどこに行ったかも聞いてないならお手上げだぞ。

「帰り際に粘土の精霊のところに行くと言ってた。ゲゲゲゲゲ」

粘土の精霊というと、バルフェンさんか！


バルフェンさんは行ったり来たりの複雑なルート移動をしないとたどり着けない工房にいた。

多分、風の精霊も相手のほうがどこにいるかわからない放浪タイプの精霊には接触しづらいのだろう。

バルフェンさんは客人の私とライカに自作のティーカップでお茶を出してくれた。

陶芸家という職業柄、普通のことだろうけど、いわば人間国宝のティーカップなので使う時に多少緊張する。

「風の精霊はここにも来たぞな」

バルフェンさんは遠い目をして言った。

「風の精霊の噂によると、神格プロティピュタンを解任した魔法僧正キュート・アビスが自分の配下である五十人の親衛隊を作り、さらにその中の上位四人に四天王の称号を与えると言っていたぞな」

「もう、噂じゃなくて、作り話だろ」

そんな詳細な噂なんてあるか。

「あと、ホルトトマをどうするかはまだ決めてない。とりあえず郷里《きょうり》にでも帰って、そこで働いてるということにでもしておきたいと言っていたぞな」

「やっぱり、噂じゃなくて、作り話の構想じゃん……」

ライカがちょんちょんと私の肩をつついた。

「ここまで噂がいいかげんになっているのなら、かえって誰も信じないので大丈夫《だいじょうぶ》かもしれませんね」

「そんな気はしてきた。けど、風の精霊が百人の精霊に『私が悪者』って噂を流したら、一人ぐらい私を倒そうとする精霊が出てくるかもしれないし、止めておいたほうが安全だね」

デマも聞いた全員が信じないなら問題ないけど、一部でも信じると有害だからね。

「その四天王の中で序列が最下位の者は年に一回、親衛隊の中で挑戦権を手にした者と入れ替え戦をやらされると言っていたぞな」

「なんだか、『自分の考えた最強の小説の設定』みたいになってきましたね」

ライカがちょっと毒のある言い方をした。気持ちはわかる。

「それと、四天王の名前はまだ決めてないと言ってたぞな」

「決めてないっておかしいだろ！　そのあたりの作りこみが雑！」

「ここで語っていたのはそこまでぞな。それだけ語ると、風の精霊は溶結凝灰岩《ようけつぎょうかいがん》の精霊の元に行くと言って去っていったぞな」

「精霊の区分が細かすぎる！」

あと、岩石に関する精霊が大量にいると、粘土の精霊とバッティングしそうだけどいいのだろうか。別に粘土の精霊が複数人いても矛盾はないんだけど。

「溶結凝灰岩の精霊は見た目が岩そのものなので、わかりづらいから注意するぞな」

精霊の見た目って何でもありなんだな……。


溶結凝灰岩の精霊はバルフェンさんの工房からライカで二時間ほど飛んだ渓谷にいた。

ボートで渓谷の淀《よど》んだところを漕《こ》いでいくと、一箇所渓谷の岩壁の中で、色が違うところがある。

そこが溶結凝灰岩の精霊だった。

「へー。こんなところまで見つけるんだー。すごいなー」

岩から声が聞こえてきたので、ここで間違いない。

ユフフママの紹介状をどうやって渡していいかわからないので、広げて岩のほうに見せた。

「ほうほう。たしかに風の精霊はここに来て、語ってたよ。魔法僧正キュート・アビスの下に親衛隊五十人がいて、さらにその中に四天王がいて……」

きっちり謎の設定を流してるな。

「しかし、その四天王最強の一人がキュート・アビスに逆らって、ついに主君を封印しちゃったんだって」


「私、封印されてるじゃん！」


だったら、別に噂が広まってもいいのでは？　だって、私はすでに敗退しているわけだし。封印された奴を倒そうとする人なんて現れないし。

でも、設定的には私も悪人みたいになってるから、やっぱり噂は止めたほうがいいのか。なんかややこしいな。

「ところで、下剋上《げこくじょう》を達成した四天王の名前もわからないのでしょうか？　それだけ有名なら名前もわかりそうなものですが」

ライカが噂というより話の設定にツッコミを入れた。

たしかに新たにボスのポジションになったんだったら、名前だって伝わりそうだもんな。

「なんと、その四天王の一人が風の精霊エンタコスだって言ってた」

「本人を登場させちゃった！」

創作も行くところまで行った感があるぞ。

あと、ここでついに風の精霊の名前が判明した。

「あの、それって作者が自分こそが作中で最強だと言い張ってるということですよね。かなり痛々《いたいた》しい気がするんですが、よいのでしょうか？」

「あまりよくはないけど、本人が楽しむ分には誰にも迷惑かからないし、いいんじゃないの？

――あっ、私に迷惑かかってたわ」

そもそもの部分が架空であれば、何も困らないんだけど、キュート・アビスは世間的に知られてなくても実在しているのだ。その元の高原の魔女も実在しているのだ。そこが広まるとまずい。

「あの、精霊さん、風の精霊は次にどこに行くって言ってたかわかる？」

「牛の精霊のところに行くってさー」

本当に精霊っていろいろ担当しているな。

私たちは牛の精霊のところに行き、さらにモグラの精霊のところに行き、さらにタコの精霊イヌニャンクのところに行った。

「ああ、久しぶりね。風の精霊なら、昨日、ここに来てたわよ」

昨日！　ついに風の精霊に追いつく直前まで来られたぞ。

これなら、次に行った精霊の居場所あたりで風の精霊と鉢合わせできるんじゃないか。

「ちなみに、次は深海にいる海底火山の精霊の元へ行くって言ってたわね」

げっ！　気軽には行けないタイプの場所だ……。

過去も何度か苦戦したが、海の中は鬼門《きもん》なのだ。

ドラゴンも深海を高速で潜ることはできないし、私も呼吸ができないところにはたどり着けない。

イヌニャンクの力を借りれば、向かうことはできそうではあるが。むしろ、風の精霊もイヌニャンクの力を借りたのだろう。

「海底火山の精霊と火山の精霊は違うんですね。海底火山も火山に含まれるはずなので、どっちも火山の精霊が管轄していそうですが」

「ライカ、精霊の社会に厳密性を求めても無駄だよ」

私たちにわかることはいろんな精霊がいるということだけだ。

精霊たちですら、把握しているか極めて怪しい。新しい精霊が自然発生したりするしな。

「それにしても、変な話をしてたわね。四天王最強の風の精霊エンタコスがついにキュート・アビスを封印して魔法僧正の座を奪ったけど、再びキュート・アビスが復活。風の精霊は仲間たちとともに苦難のすえ、キュート・アビスの封印に成功して世界の平和を守ったんだっけ」

「下剋上で地位を奪ったくせに、いつのまにか自分を勇者、キュート・アビスを魔王のポジションにしていますね」

ライカの分析はここでも冷静だ。

ほんと、地位を簒奪《さんだつ》しておいて、そのうえ、自分を正義の味方みたいな設定にするのは厚かましいよな。だったら、最初のキュート・アビスも正義でなきゃおかしいだろうに……。

そこでイヌニャンクは私の顔を指差した。

「けど、キュート・アビスのはずのあなたは封印されてないわよね。また復活したの？」

「一度たりとも封印されたことなんてないし、魔法僧正として親衛隊を組織したこともない」

「な〜んだ。一％でも本物なら面白《おもしろ》いなと思ったのに。それで、あなたたちは海底火山の精霊のところに行きたいんでしょ？　案内ならするわよ」

「話が早くて助かる！　海底火山の精霊のところまで連れていって！」

私たちはイヌニャンクが作った丈夫な泡に入って海に潜り、その海底火山を目指した。

海の中も入る回数が増えてきたので、これまでと比べると抵抗は少ない。それに今回はイヌニャンクも一緒なので心強い。

「風の精霊が主人公の話を流す分には好きなようにやってくれればいいんだけど、キュート・アビスが魔王ポジションなところだけ変更してもらう。そこを架空の人にしてもらえればすべて解決するから」

私がストーリーに絡《から》んだままなのは、気持ちとして楽しくない。

「ですね。そのうちアズサ様以外の家族も加えられるおそれもありますし。たとえば……我もアズサ様の部下として登場させられたりとか」

「全然あるな」

まさにライカが最初に懸念していたことだ。

竜王であるライカは高原の家の家族でも知名度が高い。ついでに風の精霊のストーリーに入れられることはありうる。

「いくらなんでも気にしすぎだと思うけどね。風の精霊の噂なんて、たいていの精霊は聞き流してるし」

ほかの泡に入っているイヌニャンクが言った。

イヌニャンクからすれば、どうでもいいことなので、そんな気持ちにもなるだろう。

「実際にミスジャンティーがキュート・アビスのことや近頃《ちかごろ》やった托鉢のことをしっかり知ってたんだよ。風の精霊の情報拡散能力が高いことは事実だから」

「あ〜、その手の事実は風の精霊は伝えるのが早いかも。けど、それは精霊から外へは漏れないよ」

「う〜む……精霊の知り合いがいないなら我慢《がまん》できたかもしれないけど、私の場合はやっぱり止めてもらうしかないな」

自分から言おうとしてないことまで、精霊の知り合いに伝わってるのは嫌だ。

「そんなことより、この泡、これまでより高速で進んでるのよ。すごくない？　サメに運んでもらう必要もないのよ！」

「そういえば、海底に行く効率はずいぶんよくなってるんだな」

大半の人は気づいてないけど、海底への利便性は大幅に向上しているのだ。サメの精霊ヴェノジェーゼのツテで、サメに泡を運ぶ協力を求めなくてもいい時代になった。


イヌニャンクの作った泡は順調に下降していき、やがて目的地に着いた。

もっとも、目的地は想像とだいぶ違っていた。海底に立派な屋敷が建っていたのだ。屋敷というより宮殿と言うべきか。

「どうして、海底にこんなものがあるんですか！」

ライカが私の代わりにツッコミを入れてくれた。

その言葉はもっともで、誰がどうやってこんなところに宮殿を造ったか謎だ。

誰にも通じないたとえだけど、洋風の竜宮城といった感がある。

「私は精霊になってからが浅いんでよく知らないわ。でも、海関係の精霊同士ということで、来たことはあるわね。はい、もう泡から出ても大丈夫よ」

実際、宮殿の敷地周辺は普通に空気があった。仕組みはわからないが、空気が供給されているらしい。

イヌニャンクが守衛をやっている半魚人的な存在に事情を説明すると、あっさり中に通された。

人魚というより半魚人というほうがいいぐらいに、魚の要素が強い種族だ。おそらくこれまで見たことはないと思う。

宮殿内部でも半魚人たちがあわただしく働いている。なかなか忙しいようだ。

「アズサ様、精霊といっても、個人で活動している方もいれば、組織を作っている方もいるんですね」

「そうみたいだね。雇ってるのか仕えてるのかはわからないけど、半魚人がたくさんいるし」

ミスジャンティーが結婚を司《つかさど》る存在として信仰されていたように、精霊の一部は人間の土地でも信仰されていたけど、海底火山の精霊もそのタイプだな。

宮殿の中でも奥にある大きな扉まで案内された。

そこに研究者じみた白衣の女性と、ククとは違って吟遊詩人《ぎんゆうしじん》らしい吟遊詩人の見た目の女性がいた。

吟遊詩人のほうが何やらずっとしゃべっている。

一方で、白衣のほうは机の書類をやたらと渋い顔で見つめている。とても話を聞いている様子ではない。

「そこで、キュート・アビスを封印したんですけど、封印というのはいつかは解けてしまうわけで三年後再びキュート・アビスが復活して、このわたしと戦うことになるわけです」

「ふうん。そうよね、干した魚ってやたらと日持ちしてびっくりするわよね」

確実に話を聞いてない。

それと、吟遊詩人っぽいほうが風の精霊というのも確実だな。

「待った！　あなたが風の精霊だよね！　私に関する噂を流すのはやめて！」

吟遊詩人のほうがこっちを向いた。

そして、私を指差してこう言った。


「あっ、悪の魔法僧正キュート・アビス！」

「作り話の設定で語るな！」


そのあと、風の精霊エンタコスと話して、情報の拡散は止めてもらえることになった。

「いやあ、まさか風の精霊のわたしを追いかけてくる方がいるとは。そんな人は前代未聞です。はっはっは！」

エンタコスという精霊は頭をかきながら笑っている。罪の意識はないと思う。罪の意識を感じろと言うのもおかしい気がするし、そこは妥協するしかないか。

「あなた、なんでもかんでも情報流しすぎだよ。しかも、途中から作り話に突入してるし」

「はっはっは。キュート・アビスという魔法僧正が高原の魔女さんということだけだと弱いなと思って、盛っていったら収拾がつかなくなりましたよ～」

「笑いごとじゃないって。事実を話されるならともかく、悪の魔法僧正扱いは困る」

「ですね。この作り話を止めても一ゴールドの損にもならないので、おとなしく話すのはやめます」

よし、これで目的は達することができた。

「そしたら、魔法僧正が噂を止めてもらうためにわざわざやってきたと話します」

「やめろ」

目の前に本人がいて、よく堂々と話すって言えるな。

「ダメですか。じゃあ、ほかの噂を流しますね。最近だと何かあったかな。あっ！　人間の国で婿《むこ》養子で伯爵家に入った人がいるんですけど、その人が浮気《うわき》しているようです」

「う〜む……それ、広まったら政治的な問題になるんじゃ……。けど、浮気をしたほうも悪いのかな？　どうなんだろ、これ……」

このあたりのルールってよくわからないな。

「精霊と人間の領主につながりはないから、トラブルにはならないわ。なので無害ね」

仕事の手を止めた白衣の精霊が口をはさんだ。ということは、こちらが海底火山の精霊か。

「自己紹介が遅れたわね。海底火山の精霊のマズミよ。半魚人たちにかしずかれながら暮らしてるわ」

「ええと、魔女をしているアズサです。よろしくお願いいたします」

「その弟子の、レッドドラゴンのライカと申します」

私とライカもあいさつする。この精霊は常識人ぽいのでよかった。半魚人に信仰されているようだけど、偉ぶってる様子はないな。

それなりに信仰されていた松の精霊のミスジャンティーがあんな軽い調子だし、精霊は自分は偉いんだぞという態度を出すことはないものなのだろうか。

「そうなのね。あなたの存在は風の精霊の噂である程度知ってるわ。魔王と仲良くなったり、死者の王国とつながりがあったり、いろいろやってるわね」

だいたい知られている！

「本当に何でもしゃべってるね」

私はじろっとエンタコスのほうを見た。

「はっはっは。面白いと思ったら、つい言っちゃうんです。ライフワークですね～！」

そこは笑うところじゃないぞ。

「風の精霊の噂はウソの部分がいいかげんだから、すぐに判断ができるの。だから、正確な情報も入ってくるから、便利は便利なのよ」

「そりゃ、ここまで露骨だとそうなるか……」

「あなたは有名になりすぎたし、風の精霊に狙われたわね。有名税だと思って、少しは我慢するしかないかも」

「我慢したくはないけど、もはや後の祭りか……」

これまでの高原の魔女の噂を全精霊に対してなかったことにする方法はないしな。

「高原の魔女さんがキュート・アビスだったって情報は面白かったんですけどね～。また、すごい情報が手に入るまでは地味な情報でしのぎます。どこそこの州で飼われてる犬と猫が仲良しだとか」

突然、どうでもいい情報になった。

それでいいなら、いつまでもかわいい動物の情報だけ流しておいてほしい。

「ところで、エンタコスさんは風の精霊らしい力はないのですか？　先ほどから我が聞いているこ
とは、情報伝達に関することばかりなのですが」

「はっはっは。わたしは力が余ってるととんでもない竜巻や突風を起こしちゃうので、噂を流すた
めに動き回って適度に疲れてるんです！」

噂を伝えるのは世界平和のためだった！

どうでもいいことが世界を守る役に立っていたりするものなんだな。

「まっ、内容にこだわらなければ、この世に情報なんていくらでもあるわ。せいぜい自分好みの情
報を伝えてまわればいいわ」

海底火山の精霊のマズミさんがきれいにまとめてくれた。この人はやけにお姉さんっぽさがある。

これまで会ってきた精霊たちの中でも圧倒的にまともだし、半魚人に信仰されているのもわかる。

「はっはっは。じゃあ、次は椅子《いす》だけを盗み続けた泥棒が捕まった話でも伝えていきますかね！」

たしかにちょっと気になりはするな。本当にちょっとだけ。ＳＮＳで流れてきたら読んでしまう
程度の気になり方。

「アズサさん、このたびはご迷惑おかけしました」

エンタコスが笑いながら手を差し出してきた。

反省してない気がするけど、悪意はない人のようだし、これ以上責めるのも大人げないか。

私は出された手を握った。和解の握手だ。

「はいはい、これからは困る人がない噂を拡散してね」

これにて一件落着だ。

「じゃあ、みんな帰ってくれる？　研究ってにぎやかだと進まないものだから」

マズミさんが言った。そういえば、この人、研究者っぽい姿をしているよな。

「マズミさんはどのような研究をされていらっしゃるんですか？」とライカが聞いた。

海底火山の精霊だし、海底の温度管理とかそういうことじゃなかろうか。

「時間をコントロールする魔法について研究しているわ。実用できれば、過去や未来に行ったりできるかも」


「無茶苦茶《むちゃくちゃ》、すごい研究をしてた！」


「もし地上にこの話が広まったら大問題になるわね。でも、こんなところまで来られる存在ってほぼいないでしょ。半魚人が地上に出ていくこともないし。だから、情報が拡散することもないからちょうどいいのよ」

「そっか。人知れず研究するにはちょうどいい環境なんだ……」

「浴びた人間だけ異常に年を取ってしまうガスだなんて危ないものも作れちゃうし、技術も秘匿《ひとく》しておきたいのよ」

それって玉手箱に入っていたという煙なのでは……。

ここって本当に浦島太郎《うらしまたろう》における竜宮城そっくりでは？　もしや地球の海底にもこういう存在が

いたりとか……。でも、私が考えても意味のないことか。

ライカも怯《おび》えるような目になっていた。

ただ、たしかに時間を操《あやつ》るというのはとんでもない話だけど、海底での研究ならそうそう広まることもないし――

ライカの目はエンタコスに向けられていた。

噂を流しまくる存在がいた！

けど、エンタコスは首を大きく横に振った。

「時間がどうとか興味ないから、噂にしたりしませんよ」

「興味がなくてよかった！」

話のレベルとしては、時間の研究はキュート・アビスの百倍すごい内容だと思うから、普通は時間の噂を流しそうなものだけどな。流されても困るから、このまま放置しておいてほしいけど。

「話が複雑すぎて、聞いた精霊がどうせ何も理解できないんで。わたしも難しくて説明できませんし。はっはっは」

「そうみたいね。記者の知能を超えた事柄に関する記事は書けないということよ」

皮肉というより、ただの事実ですという態度でマズミさんが言った。

◇

それから先、キュート・アビスに関する噂が人間社会にまで広がるということはないようだった。精霊は人間には噂を広げないのだ。

もちろん、時間を支配する研究が海底で行われているという噂を精霊の知り合いから聞くこともなかった。

海底という深淵《しんえん》にはとんでもないものが眠っているけど、あんまり覗《のぞ》かないほうがいいんだなと思う。

それはそれとして、こんな噂をミスジャンティーから聞いた。

「ホルトトマっていう狐《きつね》耳のアンデッドが土の中にいた聖者として各地で信仰を集めだしているそうっスよ」

プロティピュタンが出し抜かれている……。

「変な形の鳥みたいな神格より、厳しい修行に耐えた宗教家のほうが信仰できると言われてるそうっス」

「それは一理あるな……」

この調子だと、プロティピュタン教ではなくて、ホルトトマ教が誕生しそうです。

ハルカラから怖い話を聞いた

She continued destroy slime for 300 years

ハルカラ工場の休日、昼過ぎにダイニングでハルカラとお茶を飲んでいた。

「今日はなかなか冷えますね」

「高原はだいたい涼しいけど、今日はとくに肌寒《はだざむ》いかな」

当たり前だけど一緒に暮らしているので、今更《いまさら》意外な話題なんてものはない。それで話題が途切れて気まずくなったりしないのが、家族というものだ。

しかし、ふっと思い出すことがあり、たまに昔の変な事件が話題として出てくることがある。

みんな、家族になる前の期間が長いから、そこには意外なエピソードがあったりする。

「そういえば、これぐらいの気候の時に、怖い体験をしたんですよ。山中の温泉宿に泊まった時のことなんですけど」

「ハルカラは商談で各地を回ってただろうから、いろんなところに泊まってるよね」

「はい、骨溶《と》かし温泉というところでした」

「名前の時点ですでに怖い！」

「温泉が湧《わ》くところは地獄だとか悪魔の鍋《なべ》だとか、そういった名前がつけられがちですからね。骨溶かし温泉もそれに似たおどろおどろしい命名なんでしょう。よくあることですよ」

それはそうか。煮えたぎったお湯が湧き出していれば、それは怖いイメージになる。
「その日は出張の途中で泊まったんですけどね。わたし以外のお客さんは——

・観光で立ち寄った探偵（男）
・遺産相続でもめてる領主A（男）
・遺産相続でもめてる領主B（男、なおAとBは親戚《しんせき》）
・領主Aの護衛（男）
・領主Bの執事《しつじ》（男）
・領主Aの雇っている弁護士（女）
・領主Bの雇っている弁護士（男）
・締め切りが迫っていて焦《あせ》っている小説家（女）
・観光客の双子《ふたご》の姉妹

——でした。それぞれ別の部屋に泊まっていました。温泉宿の人が世話してくれるからということで、護衛や執事の方も領主とは別の部屋で泊まってましたね。わたしを含めて十部屋で、双子の姉妹が同じ部屋で泊まってるので合計十一人ですね」

無茶苦茶《むちゃくちゃ》、殺人事件、起きそう！

そういえば怖い話ということだったけど、それってホラー系の話じゃなくて、事件なのか。

ここまでお膳立《ぜんだ》てが揃《そろ》ったら、何か起きるよなあ。

「結果論になりますけど、数日、温泉宿周辺に閉じ込められることになって困りましたよ。あとで、出向く先には連絡して事なきを得ましたけど」

もう、絶対に事件が起きる！

「探偵さんもぼやいてましたよ。こんなに閉じ込められちゃかなわないって」

「詳《くわ》しく聞かせて。こんな話を聞くのは初だから」

「ええ、いいですよ。街道《かいどう》から外《はず》れた秘境の温泉宿なので、移動の疲れを温泉でとって、ゆっくりできると思ったんです。けれど、ちょうど遺産相続でもめてる小領主たちが泊まる日で、その温泉宿で話し合うことになってたそうです。おかげで空気がピリピリしていて気持ちが休まりませんでしたよ」

私がそんな場に出くわしたら、事件が起きそうだから一刻も早く立ち去ろうと思うけど、そういうのって気づかないものなんだろうか。

けど、一人だけ泊まるのをキャンセルして立ち去ったあとに殺人事件が発生したら、立ち去った人間が容疑者扱いになるよな……。

お金でもめてる人たちと探偵と同じ宿に泊まってしまった時点で諦《あきら》めるしかないのか。

「その日は、温泉につかって、ぐっすり眠ったんです。次の日にまた街道に出て、予定していたお店のあいさつ回りに行くつもりでした。それで朝早くに出立したんですけど、びっくりしましたよ。温泉宿と街道を結ぶ唯一のルートである吊《つ》り橋が落ちて、移動不可能になってたんです」

これは一種の密室状態！

犯人が外部との連絡を遮断してターゲットの移動を阻止する＆外部の人間に犯行の疑いがあるとミステリとして成立しないので外部の人間が誰《だれ》でも入れる状況は防ぎたい作者の意図によって行われるやつ！

それにしても、温泉宿が外界から閉ざされることってあるんだな……。

「ハルカラ、こういうことって実際にあるもんなんだね」

「はい？　そりゃ、古い吊り橋はいつかは落ちますよ。宿の人の話によると、夜に酔っぱらったブルードラゴンが橋でふざけていたので、その時に重量オーバーにでもなって、落ちたんだろうという話でした」

「ブルードラゴン、迷惑すぎる！」

あれ？　でも、ブルードラゴンのせいで橋が落ちたなら、犯人が宿泊客を外界と遮断するために橋を落としたんじゃないのか？

　でも、怖い話であることは確実なのだし、もう少し話の続きを聞いてみよう。

「わたしとしては断崖《だんがい》絶壁の谷を下って、また上がるなんてルートで帰りたくはないので、しょうがないんで、橋が復旧するまで宿に宿泊することにしました」

　足止めは必須だもんね。

「で、やることもないので、お昼に温泉宿周辺の遊歩道を散歩してたんです。小川が流れていて、石の上を歩いていくようなところです」

　ハルカラの語り口がいつもと同じゆるいものなので、いまいち緊迫感がない。

　まだ、犠牲者が出てもないんだし、それはそうか。

　案外、怖い話というのも、宿でお化けが出たみたいなことかもしれないし。

「そしたら、小川の近くで倒れている人がいたんです！　領主Aが頭から血を流して、倒れていました！」

「出た！　やっぱり殺人事件が起こった！」

　おそらく、これは第一の殺人事件だろうな……。状況的にさらに二人ぐらい殺されてもおかしくない……。

「へ？　お師匠様、早とちりですよ。誰も殺されてません。まして、事件でもありません。事故です」

「えっ？　そうなの……？」

「領主Aは散歩中にコケがついている石を踏んで、すべって転んで、頭を打って、軽く皮膚を切っただけです。わたしがハルカラ製薬の試供品で消毒・治療しました」

「それは不幸中の幸いだったね。そして、ハルカラ製薬がちゃんと役に立っている」

「わたし以外の人も、数日は温泉宿から出られそうにないし、その日の夜は食堂でみんなで夕飯を食べようということになりました。わたしもハルカラ製薬の試供品を配ったりして自己紹介をしましたよ」

そんなところでも、商売を忘れないハルカラ、たくましいな。

「探偵をしているという方も自己紹介をされていましたね。王都で小さい探偵事務所をやっているとか言ってました」

いかにも事件を解決しそうな感じだ。

「浮気《うわき》調査を専門にやってるんだとか」

「おや、思ってたのと違うぞ」

そりゃ、そんなしょっちゅう複雑なトリックを使った事件ばかり起きないか。

「温泉宿は浮気カップルが宿泊する確率が高いので、いろんなところを回って、情報を集めてるんですって」

「なんか、嫌《いや》な仕事だな……」

「探偵本人は浮気がバレて妻が出ていってしまったそうです」

「ろくでもない奴だな、その探偵」

「浮気調査を専門にしているのは、浮気をしてる奴は自分以外も全員破滅するべきだと思ったからだとか。ほかの浮気してる奴も報《むく》いを受けるべきだと」

「動機がひどすぎる！」

あまりトリックの謎《なぞ》を解いて、活躍してほしくない。

「すると、食事中に領主Bが『うっ……』とうめき声を上げて、顔を紫色《むらさきいろ》にさせたんです」

「ついに怖い要素が来た！　毒殺だ！」

やはり、遺産相続でもめてる領主が狙《ねら》われたか。

状況的に製薬会社社長のハルカラが毒を盛ったと怪しまれるのでは？

だから、ハルカラにとっての怖い話ということなのかな？

「いえ、誰も殺されてませんし、毒も使われてないですよ？」

ハルカラがきょとんとしている。

またしても、私の早とちりなの……？

「執事の方が領主の首の下をばんばん叩《たた》くと、無事にノドにつっかえていたイモが取れたらしく、領主Bは回復しました」

「事件性なし！」

「さっきから、お師匠様、早とちりが多いですね」

なんか、私が悪いみたいな言い方をされている。

「それはハルカラの言い方も問題があると思うよ。『夕飯を食べました。ノドにイモがつかえた人がいました』とだけ言われれば、勘違いもしないよ。情報の出し方がおかしい」

「それはそうかもしれませんけど、わたしはしゃべるプロじゃないから仕方ないですよ。とにかく、その日も温泉に入って、締め切りが迫ってる小説家の人から話を聞いたりして、楽しく過ごしていたんです」

「締め切りが迫ってるのに、小説家は話をしてる場合だったの？」

「…………ほんとだ、怖いですね。まさか、もう怖い要素があったなんて。わたし、『意味がわかると怖い話』をしていました」

しまった。話を脱線させてしまった。

「では、怖い話だったということで、このエピソードはここまでということで」

「先が気になりすぎるから、それから何が起こったか教えて！」

「その日、夜にお風呂《ふろ》につかっていると、そこにまで届くような悲鳴が聞こえてきたんです。しかも複数」

「ついに事件が起きた！」

しかし、またしても、ハルカラは右手を横に振った。

「いえ、領主Aの部屋と領主Bの部屋にどっちも大きな蛾《が》が出現して、二人ともびっくりして声を出したそうです」

「たしかに田舎《いなか》の宿にデカい蛾は出がち！」

トイレの壁によくひっついてるよね。

それにしたって、どうでもいいだろ。

「あのさ、怖いことはいつ起こるの？　今のところ、温泉宿から出られないから、宿で温泉つかってるだけなんだけど」

「起こります、起こります。何も怖いことが起こらないということはないですから安心してください」

そう言うからにはハルカラを信じよう。これで、ウソでしたと言われたら本気で怒る。

「ちなみに、タルトが怖いとか、ハチミツが怖いとかいうような意味でもないです」

饅頭《まんじゅう》怖いってウソをついて、饅頭をもらおうとするみたいな話って、こっちの世界にもあるんだな。

「蛾が怖くて眠れないということで、領主Aと領主Bはそのまま眠らずに遺産相続の話をすることになりました。護衛と執事、両者の弁護士、それと探偵、小説家、わたしも大広間で会議の行方《ゆくえ》を聞いていました」

「なんで、ハルカラまでいるの？」

「純粋に興味本位です。小説家の方も全然書けないから、気晴らしに遺産相続のもめ事でも見ようということで来ていました」

「小説家、書くのを諦めてるな」

「探偵も、なんとなく人が死にそうな気がしたので、来ることにしたと言ってました」

「不謹慎《ふきんしん》なのか、仕事熱心なのか、わからん」

「浮気に限らず、人が不幸になるのは見てて気持ちいいのだそうです」

「ほんとに最悪だな、その探偵！」

仮に難事件を解決してても、人格的に主人公に向かないタイプだ。

「議論はなかなか白熱していました。それでも、だんだんと話がまとまりかけてはいました。これは上手《うま》くいきそうだなと横で聞いていたわたしも思いました。その時でした。部屋が真っ暗になったんです。議論が長くなって、大きなろうそくが消えたんです」

今度こそ間違いない。人が死んでいる展開だ。

再び、灯《あ》かりがついた時には誰かが死んでいるんだ。

「みんな、びっくりして、『次のろうそく、どこ?』だとか『ドアってどっちでした?』とか声を出していました。わたしはどうにもならないので、椅子《いす》に座ったままでいました」

ついに事件が起きるぞ。

だって、まだ怖いことが何も起きてないからな。こんな調子で、翌日に領主Aが殺されてましたってことになるとも思えないし。

次に灯かりがついた時にすべては明らかになる!

「しばらくすると、ドアが開きました。ろうそくが消えたという話を聞きつけたファルファちゃんとシャルシャちゃんがろうそくを持って、部屋に入ってきたんです」

「ファルファとシャルシャ、いるの!?」

事件と無関係のところで一番驚いた!

「いやあ、話している間に思い出しました。そういえば、あの時の双子の娘さんはファルファちゃんとシャルシャちゃんだったな〜と。本当に、今、思い出しました。以前に一度、わたしはお二人とニアミスしてたんですね」

「まあ、ハルカラは全国を商売で回ってたし、ありえなくはないのか。でも、それは一回置いておこう」

ハルカラも今になって思い出したぐらいだから、記憶に残るようなことを二人としゃべっていたわけでもないだろうし。ファルファとシャルシャからも一度もハルカラと会ったと聞いたことがないし、そこは間違ってないと思う。

「怖い話の続きが気になる。部屋はどうなってたの？」

「どうなってたも何も、新しいろうそくの灯かりが手に入ったので、それで問題解決ですけど。そこからさらに細かいことを詰めて、遺産相続の交渉は成立しました」

「事件性、本当に何もなかった！」

おめでたいことではあるけど、何か納得がいかない！

もう、私のお茶は完全に冷めてしまっていた。

「ハルカラさあ、あなたの話のどこに怖い要素があったの？　怖い話だって長々話して、何も怖くないのは反則だよ」

そう、ルール違反はよくない。

怖い話だと言って、すぐわかるしょうもないオチを話すというのならまだわかる。そういう技法はある。だけど、だらだら語って何も起きませんというのは、たんなる矛盾なのだ。

「いいえ、怖い要素は本当にあるんです。交渉が成立したので、夜中にわたしも自分の部屋に戻ったんです」

そりゃ、大広間でそのまま宴会でもしない限り、部屋に戻るよね。

まさか、ハルカラの部屋に死体でも転がっていたりだとか……？

「部屋に戻ったところ、わたしの部屋にもデカい蛾が！」

「しょうもない！　聞いて損した！　お茶が冷めて損した！」

「お師匠様、そう言いますけどね、信じられないぐらい大きな蛾だったんですよ！　思わず声が出るサイズだったんですから！」

「だとしても、そこに至るまでのストーリーはいらないだろ！　蛾の要素だけで完結してるだろ！」

「別に話のプロじゃないんだから、いいじゃないですか！　まさに茶飲み話ですよ！」

私は椅子から立ち上がった。

「もう、いい。部屋から通信教育の教材でも取ってくる」

「あっ、それと次の日の夜に、宿の廊下でお化けを見ましたね〜」

「そっちを話せばいいじゃん！」

高原の家周辺にはそこまで巨大な蛾はいなくてよかったです。

スケルトンの願いをかなえた

イムレミコ船長から手伝ってほしいことがあるという手紙をもらった。

肝心《かんじん》の内容は書いてないが、無理なら無理でけっこうですし、急ぎの用事でもありませんといったことが書いてある。

まったくどうでもいいけど、イムレミコ船長の字はなかなかきれいだ。

いいかげんな性格だからといって、字もいいかげんになるとは限らないらしい。私は現在、飾り文字を通信教育で学んでいるけど、文字のきれいさと性格はまた別だということを覚えておこう。

それで、フラットルテに乗ってイムレミコ船長の元に行った。

港には第七スペクター号が停泊している。名前の時点で語っているが、だ。かつては大海原をさまよっていたという。

「いやぁ、来てくれてありがたいでぇす」

船長がのんびりした声で迎えてくれた。この調子だと、急ぎの用事ではないというのは、遠慮ではなくて事実だな。

第七スペクター号の応接スペースに案内された。スケルトンが私たちの分のお茶を出してきた。

慣《な》れてない人がこの場面に出くわしたらスケルトンを怖がるかもしれないが、私もさすがに慣れている。

「いやぁ、わたしではぁ、どうしていいかわからないことがあってぇ、アズサさんならぁ、詳《くわ》しいかなぁと思ったんですよぉ」

船長の声は相変わらずゆっくりしている。

「先に言っておくけど、海の中で何かしなきゃいけないのなら難しいよ。それなら船長の人脈を使ったほうがいいと思う」

私ははっきり言って知り合いは多いと思う。そこは今更《いまさら》否定しない。

だが、だからといって、どんな場所にもオールマイティーに対応できるわけではない。とくに海は難しい。あと、言われたことはないが、宇宙に行ってくれというのも無理だ。

「海は関係しないですよぉ。それと、先に知り合いの人魚にも聞いてみましたがぁ、わからないと断られてしまいましたぁ」

厄介事《やっかいごと》は何でも私に頼めばOKという気持ちでいたわけではないんだな。そこは助かる。近頃《ちかごろ》、何でも屋として使われることが加速してるからね。その分、近場の人に頼っても対処不可能な問題を押しつけられるかもしれないが。

「とっとと要件を言え。それでできるか、できないか答えるのだ」

フラットルテが少し尻尾《しっぽ》を動かしていた。船長ののんびりした空気にイライラしてきたか。

「じゃあ、話しますよぅ。従業員がオシャレをしたいと言ってきましてぇ。わたしの手には余りますぅ」

「オシャレ？　そんな簡単なことのためにご主人様を呼んだのか？　それなら、人魚にだって詳しい奴《やつ》がいるだろ」

フラットルテは不機嫌そうに言った。

そりゃ、お化粧の得意な人魚だっているはずだよね。ヘアメイクの専門家は私の知り合いにいないしな。頼むところを間違えている。

……ん？　従業員？　今、従業員って言ったな。

この船の従業員ということは――

スケルトンの一体が歩いてきて、船長の横に並んだ。


「このスケルトンがぁ、オシャレしたいと言っているんですぅ」

「これは人魚の中に詳しい人はいない！」


ていうか、人間の中にもスケルトンのオシャレなら任せろって人はいないから、誰《だれ》に聞いていいかわからないぞ。当てがあるとしたら魔族ぐらいか。

ああ、だから魔族とツテがある私に白羽の矢が立ったのか。

「スケルトンの知り合いはいないけど、魔族の土地にはスケルトンもいると思うので、そこに行けばわかるかも。そのスケルトンを魔族の土地に連れていくことならできるよ」

「かっこいい骨の磨き方だとか、そういうことを考えてる奴がいそうなのだ」

この点、魔族はいろんな種族がいるので、解決策も提示しやすい。

スケルトンの悩みは直接スケルトンに聞いてもらうほうがいいと思うし。

しかし、船長の隣のスケルトンは首を、ていうか頭蓋骨《ずがいこつ》を横に振った。違うと言いたいらしい。

「この子はしゃべれないのでぇ、わたしが代弁するのですよぅ。なお、この子の名前はラナンキュラなのですよぉ」

これまでスケルトンの名前なんて気にしてなかったけど、そりゃ、名前もあるか。スケルトンになってからつけたのか、生前の名前か不明だけど、女性の名前っぽい。

「この子が言うにはぁ、骨を磨くとかではなくてぇ、人間みたいなオシャレをしたいそうですぅ」

「服が着たいのか。それなら、王都で流行のファッションを調べて、教えようか？」

スケルトンが大都市を歩くと目立つから、本人が調べられないというなら、手を貸してあげなくもない。

スケルトンが服を着るとサイズがどうなるかよくわからないが、仕立てるぐらいは誰かできるだろう。

「そうでもないんですぅ。この子は人間みたいな肉をつけたうえでぇ、オシャレをしたいんだそうですよぉ」

「肉をつける⁉」

「ぱっと見、人間にしか見えない姿でぇ、流行の服を着たいということですぅ」

「急激にハードルが上がった！」

肉をつけるって、どうしたらいいんだ？　ソーセージを買ってきてつけるわけにもいかないし。

かといって絵を貼《は》りつけるのも違うし。

どんなふうにすれば、本人の望みに近づけるのかすらわからん！

「人間にしか見えないスケルトンは、もはや人間であってスケルトンではないのだ」

フラットルテの発言は厳しいようだけど、一般論としてはそういう認識になるだろう。

「そう、難しいんですよぉ。誰に相談すればいいかも謎《なぞ》ですよぉ。顔の広いアズサさんにぃ、とりあえず聞くだけ聞いておこうという作戦ですよぉ。相談するだけならぁタダですよぉ」

「それは相談する側が言っていい表現じゃないぞ」

何でも屋扱いしてくるなら、相談料を取るからな。別に見積もり無料だなんて言ってないし。

「ほかのスケルトンにも相談してみましたけどぉ、オシャレにうるさいスケルトンも輝く骨にするにはどうするかとか、折れにくい骨に鍛《きた》えるとかしか考えたことないそうでぇ、肉をつけたオシャレはわからないそうですぅ」

「ほんとにスケルトンの中に、自分の骨を磨く欲求はあるんだな」

服を着ない種族にもオシャレはあるのか。スケルトンの場合、服どころか肉もないが。

人間の目、いや、スケルトン以外の目ではわからないので、スケルトンがオシャレしているのか意識したことすらなかった。あれ、スケルトンには目はないので、誰の目でもわからないと言えばいいのか。特例すぎて混乱する。

「願いがかなうか謎も謎なのだ。でも、可能性のありそうなところに飛ぶんならやってやるぞ」

フラットルテは送迎に関しては協力的なようだ。

だったら、ヒントをくれるかもしれないところを回っていくことはできるか。

自分の力でどうにかすることじゃないので、気楽といえば気楽だ。ダメだったとしても責任はとらなくていいし。

「完全な空振りに終わるかもしれない。それでもいいなら、当たってみることだけはできる。それでいい？」

スケルトンがうなずいた。

そしたら、ダメ元でやってみるか。

「成功したあかつきにはぁ、お礼にカニの形をしたパンをあげますぅ」

「船長は、もっといいものをください」

船長が従業員のことも気づかってることがわかったので、そこはよかった。

◇

まず、私が行ってみることにしたのは、虚無《きょむ》荒野というひたすら荒涼とした風景が続いているような土地だった。この名前で人でごった返していたらだ。

ここには見た目が毛玉みたいな神様が住んでいる。

死神のオストアンデだ。

人がいなすぎて、死神は普段から実体化して暮らしているのだ。虚無荒野の真ん中に建っている一軒家がそれだ。

ドアをノックすると、毛のかたまりが出てきた。

「こんにちは、オストアンデ」

その毛のかたまりが手で毛を開く。するとその奥に顔がある。

「……小生に何か用？」

久しぶりに見ると、知っていてもなかなか異様だ。スケルトンよりは不気味《ぶきみ》かもしれない。

「……しかもスケルトンもいる。スケルトンは死神の対象外。すでに死んでるようなもの」

別にスケルトンをあの世へ送ってくれということを言いたいわけではない。しかし、私たちの目的がすぐにわかるわけないよな。

「特殊な目的があってね。そんなに長くならないから話すと――」

私はまず、事情を説明した。

「……変わった望み」

死神から見ても、奇妙な願望に聞こえるらしい。もっとも、そこは構わないのだ。望みが一般的かどうかはどうでもいいので。

「それで、なんでこんなところに来たの……？」

そう、ここからが大事なのだ。

「オストアンデは死神でしょ。死神の仕事の逆で、このスケルトン――ラナンキュラって子を復活させる方法ってない？」

題して、死神の力を使えば復活できるのでは作戦！

作戦と呼ぶのは、いくらなんでもおこがましいか。

ワンチャン死神ならどうにかできるのではと思ったのだ。

「恒久的に生き返らせたいってわけじゃないの。一時的でもいいから、生前の姿になったりできない？　それならオシャレをしたいって夢もかなえられるからさ」

生前の姿なら自動的に肉もついている。肉って言い方も不自然だな。生前の姿なら体がある。体があれば、オシャレも可能だ。

「……いや、復活をさせるなんてことは無理」

あっさり無理と言われてしまった。

ダメ元で来たけど、こんな簡単に解決ってことはなかったか……。

「……まず、一時的だろうと、死神に誰かを復活させる力も権限もない。それに……できたとしてもどうでもいい理由で復活なんてことをしたら、とんでもない責任問題になるから。怖くてやれない」

これは糸口すらないな。人として復活させるという案はナシか。

そりゃ、それが許されるならスケルトンはみんなオシャレのために復活したいって言って、復活するもんな。秩序もへったくれもないからダメか。

と、フラットルテが後ろからノートを見せてきた。

「ご主人様、スケルトンがノートに何か書いてきました」

ああ、しゃべれないから補足することがあれば書いて伝えるのか。

そのノートのページにはこう書いてあった。

もし復活できたとしても、死んだ時の姿だと老人なので、
できれば十九歳前後の姿でお願いします。

ラナンキュラ

「わがままだな！　いや……当然の望みと言えばそうなのか……」
わざわざ老人の姿でオシャレしたいと願うほうが変ではある。
また、ラナンキュラはノートを取って、追加で書きだした。

それから、自分の生前の若い姿になりたいということではなく、
演劇の主演女優で違和感ない見た目の十九歳前後の姿になりたいということです。

ラナンキュラ

「けっこう贅沢《ぜいたく》！　しかし気持ちはわかる！」
自分の容姿に自信があった人でなければ、見た目もいいものにしたいと思うよな。

「ちなみに、オストアンデ、過去の演劇の女優の見た目に復活するのも無理？」

「……それは復活と呼ばないと思う」

おっしゃるとおりだ。言ってる私も何かおかしい気がした。

「……というわけで復活はできない。小生は今から行くところがある」

行くところ？　死神の仕事かな。オストアンデは仕事の大半は書類で済ませているようだが、移動しないといけない業務もあるはずだ。

「サーサ・サーサ王国の猫の喫茶店でもふもふする」

猫カフェに行くんかい！

「そういや、オストアンデって、サーサ・サーサ王国の喫茶店の常連だったね」

「猫と一緒にいる間は仕事のことも忘れられる。素晴《すば》らしい」

死神の仕事はあまり楽しいものではなさそうだから、仕事を忘れられる時間は大切そうだ。

サーサ・サーサ王国か。

何かいい技術を持ってる可能性はあるな。

たとえば、ムーだって厳密には死体が動いてる状態だし。

「オストアンデ、私たちもついでにサーサ・サーサ王国に行く」

「そう、猫が嫌いな人はいない。存分に猫を愛《め》でたり、吸ったりすればいい」

猫カフェ目的ではないんだけど、急いでるわけじゃないから、そっちも行っていいかな。けど、吸うってどういうことだ？

「……じゃあ、お先に」

オストアンデはそう言うと姿を消していた。神だけあって、わざわざ移動手段を考えたりはしないらしい。


フラットルテに乗って、サーサ・サーサ王国に着くと、私たちはムーとナーナ・ナーナさんのところに行った。

ムーには「ガリガリの奴が来おったわ」と言われた。おそらく、スケルトンのラナンキュラに対するギャグのつもりだろう。

また、私は事情を話した。ラナンキュラはしゃべれないので、私の担当になる。

「は〜。意図はわかったわ。体を手に入れて、久々にちやほやされたいんやな」

「ムー、言い方に悪意があるな」


オシャレをしたいという意識の中にちやほやされたいというものも含まれてる可能性は高いが、それ自体は悪いことではない。いい成績を収めた時に褒《ほ》められたいと思ったとしても、それが悪いことじゃないようなものだ。

目的のすべてがちやほやされたいとか、褒められたいとかいった気持ちだったら問題はあるが、褒められたい気持ち自体は正常である。

さて、サーサ・サーサ王国なら、ラナンキュラの願いはかなうだろうか。

「体がほしいってことなら、できんことはないわな。なあ、ナーナ・ナーナ？」

「はい。技術的には十分に可能です」

おお！　早くもできるという答えをもらった！

今回ばっかりはかなえられない願いかもと思っていたのだが、あっさりどうにかなりそうだ。顔が広くて助かった。

ラナンキュラも両手を何度も振り上げている。喜んでいると解釈していいはずだ。

「技術的にはこの国でできますので、材料のほうはそちらで用意していただけますか？」

ナーナ・ナーナさんがいつもと変わらないトーンで言った。

「ええと、材料というと？」

「死体です。できれば、そのスケルトンの方がなりたい顔や体に近い死体が望ましいです」

「用意が難しい！　とくに倫理的に！」

「そうですか。サーサ・サーサ王国はご存じのとおり、はるか昔に生きている人間は死滅しているので、死体が存在してないのです。なので、外部から調達するしかないのですが、基本的にどこで調達しようと法には触れますね」

「だったら、無理です！」

これはお断りするしかない！

「よかったです。それで、すぐに何人か用意しますと言われたら、感情の起伏に乏《とぼ》しい私でも、軽く引いたと思いますので」

じゃあ、最初から無理って言ってほしい。ぬか喜びみたいなものだ。

また、ラナンキュラが何か紙に書いた。

私のために死者が出るのは勘弁してほしいです。
墓地から盗んできた死体も遠慮します。
どこの馬の骨かわからない死体は不気味です。

ラナンキュラ

スケルトンが死体を不気味に思うのも、なんか腑《ふ》に落ちない部分もあるが。お化けがお化けを怖く感じることもあると考えれば、おかしくないのか。

「死体や人形を動かす技術はあるんやけどな。ちなみに人形を動かすのではダメなんか？　スケルトンが着ぐるみをかぶったりとかかな」

そういうのを求めてるわけじゃないです。

どう見てもかわいい女の子という姿でオシャレをして、
街を歩きたいんです。

ラナンキュラ

そうなるよね。着ぐるみでいいなら、イムレミコ船長が相談を受けた時点で解決していただろう。

「あくまでも人間の美少女になりたいってわけか。スケルトンがスケルトンに好かれたいというのとは訳が違うから大変やな。でも、技術的にできるぐらいやし、何かいい手はあるはずやから、しっかり探しいや。知らんけど」

これほど「知らんけど」が重く聞こえたことはないな。

ラナンキュラががっくりと、肩（の骨）を落とした。

骨が落下したという意味じゃないぞ。

◇

次の案が出てこず、ラナンキュラは一度、職場の幽霊船へと戻っていった。

人にしか見えない格好で、なおかつ死体を使わずにオシャレをしたいというのは明らかに難問である。だいたい、そんなことを考えたこともなかったので、ある日突然いい案が浮かぶたぐいのものでもない。

そんな折、魔族の農務省（つまり、ベルゼブブ）から誘われて、ヴァンゼルド城下町に向かう用事ができた。

せっかくなので、ラナンキュラも連れていくことにした。

ヴァンゼルド城下町を歩けば、ヒントでも見つかるかなと思ったのだ。

スケルトン自体はヴァンゼルド城下町にもいるのだが、人の姿になりたいという望みを持っているスケルトンがいないため、ラナンキュラの需要に応《こた》えられる方法は見つからなかった。

美容関係の店にも入ったが、骨を磨くと艶《つや》が出るクリームとかそういうのしか売ってない。

解法は出ないまま、私たち家族はベルゼブブやファートラ、ヴァーニアとの食事会に出た。ラナンキュラはそばで立っていても苦痛はないとのことだったので、ついてきてもらった。一人だけ宿で留守番させるのもおかしいしな。

スケルトンが何も食べないのは当たり前のことなので、食事会にいてもそんなに違和感はない。

最初は置き物みたいに部屋の隅に突っ立っていようとしてたが、それは悪いので、椅子《いす》に座ってもらった。

「のう、アズサよ、あのスケルトンは何じゃ？」

言うまでもなく、ベルゼブブには質問された。また、私は経緯を説明する。

どっちかというと私は細かく話をした。気分としてはプレゼンに近い。

もしかすると、いい案をもらえるかもしれないと思っているからだ。

魔族にはこれまでも何度もお世話になってきた。何かいい方法はないかな？

それに神様も死者の国も当たってみて、無難な方法で願いをかなえるのが無理とわかったので、魔族でも難しいならこれは諦《あきら》めるしかないと思う。

なかば最後のチャンスに近い。

「ふうむ。姿を変化させる魔法なら存在するじゃろう。それでオシャレをした若い女に変身すればよいのではないか？」

ベルゼブブはあっさり案を一つ出してきた。

「術者にスケルトンの望みの姿を細かく伝えねば、変身の精度が落ちてしまうが、理論としてはできんことはないじゃろう。あるいは、この絵みたいになりたいという絵画でも持っていくとかな。絵画から出てきたような見た目に変身できるはずじゃ」

「おお！　ベルゼブブ、ありがとう！　道が開けたかもしれない！」

私もテンションが上がって、大きな声が出た。ラナンキュラ本人よりテンションが高い気がする。

しかし、ラナンキュラの反応があまりよさそうではない。

ラナンキュラがノートに気持ちを書く。


悪くはないです。悪くはないんですが、変身ってことは幻覚ですよね。

できればこの骨に実体のある体をつけて、オシャレをしたいんです。
幻覚はちょっと違います。

ラナンキュラ

着ぐるみがダメと言ったのと同じ理屈か。魔法を使って姿を変えることをオシャレだと言えるかと問われれば、怪しいラインだしな。

「なんじゃ、注文の多いスケルトンじゃのう。となると、死者の王国の連中が言っておったように死体を直接用意するぐらいしか思いつかんのじゃ」

やはりダメか。骨に肉をつけていって、さらにオシャレができるようにするなんて難しすぎるのだ。

それでは魔法で変身するという方向性で考えたいと思います。
皆さん、たくさん考えてくださり、ありがとうございます。

ラナンキュラ

夢がまったくかなわないというわけでもないし、ここは魔法で妥協してもらうか。

その時、カチャリと硬質な音がした。

ヴァーニアがフォークとナイフを置いたのだ。

「これはわたしの腕の見せどころですかね。大変なプロジェクトですが、やってみようと思います」

「プロジェクトと言うとるが、農務省からは金は出せんぞ。ヴァーニア個人でやるのであれば止めはせんが」

表情を変えずにベルゼブブが言った。

「上司、冷たくないですか？」

「いや、業務と関係ないことを、業務と結びつけられると困るので事前に農務省の見解を伝えたまでじゃ」

「自分のやりたいことを上手《うま》く業務に絡《から》める時もあるけど、今回はそれも無理そうだものね」

ファートラも冷めた反応だ。

逆に言うと、ベルゼブブもファートラも、ヴァーニアがやる気になれば気合を入れて取り組むことは疑っていない。

ここはヴァーニアに頼むしかない。

ラナンキュラが立ち上がって、ヴァーニアの手を取った。

お願いしますということだろう。

「時間はかかるかもしれませんが、料理人の力があればできる気がします！　努力します！」

「料理人じゃなくて、公務員じゃ」とベルゼブブが訂正した。

よし、ここは料理が趣味の公務員に任せよう。

どういう方法で夢をかなえるつもりかわからないが、もう全部任せる。


それからまた一か月ほど時間が過ぎた頃、ヴァーニアから連絡が来た。

高原の家で作業したいと思うので、スケルトンを連れてきておいてほしいということだった。スケルトンがいる状態で数日調整が必要かもしれないので、しばらくスケルトンも休みをとれる状況にしておいてほしいとも書いてあった。

イムレミコ船長の船が忙しいことなんてないので、ラナンキュラの休暇をもらったうえで、私はラナンキュラを高原の家に連れてきた。

やがてリヴァイアサン形態のヴァーニアがやってきた。

ヴァーニアいわく、材料が多いので、自分に乗せて運んできたという。搬入していた材料はライカがてきぱきと運び出していた。

私も少し目にしたが、人の形をしたものはなくて、ペースト状のものぐらいしかなかった気がする。

ヴァーニアは高原に仮設の大型テント（キャンプの時に見る三角状のものではなく、箱型の形状）を張ると、そのテントにラナンキュラを呼んで、作業を開始した。

「できあがるまでは覗《のぞ》かないでくださいね」

そうヴァーニアに言われたので、私たちは本当に見なかった。おとぎ話だと覗かないと話が進行しないのだろうけど、おとぎ話じゃないので言われたことを守る。

作業中、悪臭というほどではないが、どことなく生臭《なまぐさ》い香りはしていた。ヴァーニアが持ってきた材料のせいだと思う。

そして二日後。

「完成しました！」

ヴァーニアがテントから顔を出した。

「お披露目式をするので、みんな集まってください！」

私たちはなかば強制的にテントの前に集合させられた。少なくとも、ヴァーニアの反応は悪くない。

「体を骨につけていくのに最善の方法は何か、わたしなりに試行錯誤《しこうさくご》を繰り返してみました。そしてこれが最も自然で完成度も高いと判断いたしました」

「ごたくはいいから、とっとと見せるのだ」

出てきたフラットルテが文句《もんく》を言った。

「ちょっとはもったいぶらせてくれてもいいじゃないですか～。そしたら、ラナンキュラさんの登場です！」

テントから出てきたのは、年頃の若い女性――いや、ラナンキュラだ。

顔はちゃんと若い女性のもので、茶色の髪がショートボブぐらいに切り揃《そろ》えられている。ファッションは詳しくないけど、着てる服にも違和感はない。

ラナンキュラもうれしいのか、はにかんでいる。

まさに夢がかなった状態だもんね。

「おお、すごいじゃん！　どうやったかわからないけど、人間の女の子にしか見えないよ！」

シャルシャがラナンキュラに近づいて、後ろからも観察している。じろじろ見るのはマナー違反かもしれないけど、今はいいだろう。

「見た目は人そのもの。素晴らしい再現度」

本当に偉大な技術だ。何をどうやったか不明だが、人がいるとしか思えない。これでフラタ村を歩いてても変に思う人はいないはず。

「違いがあるとすれば、人とは違う匂《にお》いがする。シャルシャの感覚だと、食欲が刺激されそうな匂い」

ということは、人や獣の肉ではないもので体を表現しているわけか。

前世ではお菓子《かし》の細工で本物そっくりのものを作る職人さんがいたが、お菓子とは違う気はするんだよな。

「え～。それでは、ここで種明かしをいたしましょう」

ドヤ顔でヴァーニアが言った。

「肉は魚のすり身で作っています。すり身にわずかに食紅《しょくべに》を入れたりして、肌として違和感ない色にしました」

微妙な生臭さはそれか！

「顔はどうにか自力で描きましたよ。失敗したところで何度でも修正できますからね」

これなら微調整をしていけばいいので、そのうち満足できる顔になるのか。

「毛はどうなってるんですかい？」とロザリーが尋ねた。

そういや、毛は明らかに魚のすり身ではない。

「これは馬の毛です。それを切り揃えました」

なかなか手が込んでるんだな。これはヴァーニアを褒《ほ》めるしかない。ラナンキュラもさっきからずっと笑顔だし。

ん？　まったく表情が変わってないな。

「表情は描いてるものですから、変化しませんよ。なので、ずっと笑ったままです」

「それはそうか！」

あくまでも笑顔の絵がついてるようなものなのだ。

見た目は人として自然なので、そこを忘れていた。

すると、ラナンキュラがテントのポールにもたれるようにして何か書きだした。野外だと記入が面倒そうだな。


口だけなら開けられます。骨は動かせるので。

ラナンキュラ

はにかんだままのラナンキュラが口を開けた。さっきより楽しげに見える。

それと、歩くのも動くのも簡単なことならできます。

ラナンキュラ

ラナンキュラが腕を振って小走りでテントを一周した。

「すごい、すごい！　もう、人間そのものだよ！」

だが、指の関節あたりにひびが入っているような……。

「おっと！　曲げた時にすり身が対応できませんでしたね。やはり運動はリスクがあるかもしれません。服で隠れている部分も壊れてるかもしれないので、メンテナンスしてきます！」

ヴァーニアがラナンキュラを連れて、テントに戻った。

懸念点はあるとはいえ、当初の願いはほぼ達成できている。

「スケルトンさんもうれしそうで、よかったね！」

ファルファが自分のことみたいに楽しそうに言った。私もそう思う。夢をかなえた人を見ると、自分も幸せを分けてもらったような気持ちになる。

ヴァーニアと一緒にメンテナンスの終わったラナンキュラが出てきた。

そのラナンキュラは顔を隠すようにノートを持っていた。

ノートにはこんなことが書いてある。

せっかくなので、この姿で街を歩きたいんですが、よろしいでしょうか？

ラナンキュラ

やっぱりな。そういう希望が出るのは予想できていた。

オシャレというのは人に見られるということが意識に入っている（ことが多い。もちろん、部屋だけでオシャレできればそれでいいって人もいるだろうけど）。

「アズサさん、こう言ってらっしゃいますけど、大丈夫《だいじょうぶ》ですかね？　強度としては問題ないかと思いますが、すり身が外《はず》れるリスクとかもあるので、地元の村ですり身が外れたりすると、ホラーな反応をされるかも……」

ヴァーニアとしてはそこまでの責任はとれないので、私たちに一任したいというわけか。そりゃ、食品の扱いのカテゴリー外だからね。

「アズサ様、フラタ村やナスクーテの町は念のため避けたほうがいいかと。我たちの顔も知られていますし。遠出しましょう」

ライカも問題点を伝えてきた。こんな時、慎重になってくれるのは助かる。

「じゃあ、州都ヴィタメイに行くか。州都ならそれなりににぎやかでしょ」

◇

こうして、ラナンキュラの街歩きがスタートした。

歩き方はおしとやか、というより丁寧《ていねい》だ。これは性格というより、制約によるものだ。転倒して首から上の肉が取れたりすると、騒ぎになる。

ゆっくり動く分には大きなトラブルは起こらないと思う。

変な話、腰のあたりに亀裂が入っても、服を着ていれば見えない。

改めて考えてみると、人間って普段は見えてる肌の部分ってかなり少ないんだよな。長めのスカートと長袖《ながそで》の服を着ていれば、手首より先と首から上ぐらいしか出ない。

ラナンキュラはスケルトンとしては日常から歩きまくっているし、散歩程度のことでこける危険はなさそうだ。

私たちは後ろからラナンキュラを追っていく。開始十五分たつが、まだトラブルはない。

たまに目を瞠《みは》ったりする人や振り返る人もいたが、見た目がおかしいからじゃなくて、美しいからという反応だった。

「ヴァーニア、よくあんなにかわいくできたね。絵心もあるの?」

「かわいくなるまで、何度も描きなおしましたからね。そのへんの人間より美人さんに仕上げられているはずです」

尾行中のヴァーニアが自信を持って言った。

「絵心はわかりませんが、料理にも美的センスは必要ですからね！　ふっふっふ」

かなり調子に乗ってるけど、最大の功労者だからいくらでも調子に乗ってくれ。

ラナンキュラ自身は笑顔から変わらないのでリアルタイムの感情はわからないが、たいそう気分はいいことだろう。

やがて、ラナンキュラは川港《かわみなと》のほうに足を向けた。

市街地は歩いたし、次は絵になりそうな港に行こうというわけか。

本日のクライマックスを飾るにしてはよいセッティングじゃないか。

しかし、港が近づくにつれて、変な殺気みたいなものを感じた。

よもや女の子にちょっかいをかけようとするゴロツキや酔っ払いか？　人口が多いところなら、そういうのがいてもおかしくない。

でも、殺気の方向がおかしい。

やけに上のほうから気配を感じる。

なんだ？　空に人間がいるわけないし……。

すると、何かがラナンキュラのほうに飛び込んできた！


これは鳥！

時を待たずに、ほかの鳥たちも頭上から襲来してくる！

「これはまずいです！　鳥が魚のすり身を食べに来ています！」

「そうか！　鳥からしたら餌《えさ》のかたまりだ！」

十羽ほどの鳥がラナンキュラを狙《ねら》っている。

鳥に攻撃されたラナンキュラもすぐに走って逃げる。それは当然の反応だけど、顔の表面がすでにけっこう崩れているように見えたぞ……。

「うわ、幽霊が来た！」「違う！　ゾンビだろ！」「どっちでもいいから逃げろ！」

見た目が壊れてることが往来《おうらい》の人にまでバレている！

「アズサさん、早く回収しましょう！」

「言われなくてもわかってるよ！」

私はラナンキュラをかついで、人気のいないところまで走った。

そこからはライカで郊外まで飛んで、事なきを得た。

これでトラブルは終わったものの――

崩れたラナンキュラの顔の部分は無茶苦茶怖かった。

魚のすり身だと知ってるのに、こんなにぞっとするとは……。

「顔って不思議《ふしぎ》ですね」

ヴァーニアが感心するように言った。

「骨しかないスケルトンを見てもたいして怖くないのに、骨に肉がちょっとついた今のラナンキュラさんはとても恐ろしいですよ。完全に肉がついてたラナンキュラさんは恐ろしいどころか、かわいかったのに。肉が増えていくにしたがって怖さが、弱・強・無と変化するってなかなかないですよ」

「それだけ語れるってことは怖くないってことじゃない？」

ラナンキュラは自分から肉の部分を一回全部取り外した。そりゃ、ゾンビの真似《まね》をしたいわけじゃないからな。それから、またノートにいそいそと書いた。


ご迷惑をおかけしました。

ラナンキュラ

「別に謝罪することじゃないよ。それに鳥がいるところに行かなきゃいいだけの話だし」

鳥も一羽や二羽なら追い払えるはずだ。港に出たことが失敗なだけだ。

「そうですよ。すり身をつけるやり方はわかったわけだし、また安全な場所でファッションを楽しむことはできるんですから。一回目としては大成功の部類じゃないですか」

「ヴァーニアの意見に私も一票」

こんな時はヴァーニアのプラス思考に頼ろう。

そう、鳥には襲撃されたけど、それ以外が上手くいった時点で勝ちなのだ。

サッカーで5対0から終盤に1点か2点返されたぐらいのものだ。勝ちに違いはない。

骨だけの状態になっているラナンキュラがまた何か書きだした。正直なところ、骨だけのほうが見ていて安心する。


本日は貴重な体験ができました。ありがとうございます！

また、可能なら、オシャレをして街を歩きたいです。

ラナンキュラ

「もちろん、いいですよ。次回はラナンキュラさんが働いてる海の魚で、すり身を作りましょう。どうせなら地元のものがいいです」

地元の魚のほうが体に合うなんてことはないと思うけどな……。それはそれとして、ヴァーニアが気のいい性格でよかった。

「ヴァーニア、本当にありがとう。ヴァーニアがいなかったら絶対諦めてた」

「いえいえ。意外なことにも料理の技術が使えるなら、使ったほうがいいので。それと、わたしの中で危惧《きぐ》してることがあったんですが、さっきのことしました」

「何のこと？」

解決したみたいだから、問題ないと言えばないけど。

「ほら、使用した魚のすり身を廃棄するのはもったいないじゃないですか。ラナンキュラさんの肉はちゃんとしたすり身なんで」

「あ、そうか、あくまでも食材なんだ」

動き回るラナンキュラを見てたので、いつのまにか、すり身ではなく肉体として認識していた。

「かといって、ラナンキュラさんから取り外して食べるのって抵抗あるでしょ？」

「うん……それはある」

感覚として、人の肉を食べてるような気が（あくまでも気持ちの問題とはいえ）する。どちらかというと、悪趣味だ。

「日光を浴びて傷《いた》んでるかもしれませんし、ホコリもたくさついてるでしょうしね。食材として劣化してるので」

「そういう意味か！」

だが、傷んでるかもしれないというのは食材としては致命的だ。気持ちの問題より重大である。

「わたしは料理人ですからね。食べ物に遊び心を加えるのはどんどんやれって立場なんですが、食べずに廃棄というのは抵抗があるわけですよ」

「話の腰を折るようですが、料理人ではなくて公務員ではないでしょうか」

ライカがしっかりとツッコミを入れた。

「ええとですね……料理を愛する者として、食べずに廃棄するというのは抵抗がありまして」

ちゃんと言い換えたな。

「ですが、使ったすり身は鳥の餌にすればいいんだなってわかりました。食材を最後まで消費できて言うことなしです」

なるほど。鳥ならおいしく食べてくれるな。

「というわけで、またオシャレがしたくなったら言ってください。どうにかします」

ラナンキュラ

皆さんには感謝してもしきれません。

そう書いたラナンキュラの顔は骨なので表情は浮かんでないけれど、私たちにはとびきりの笑顔のように見えました。

◇

それから先も、ラナンキュラはたまに人の格好をしては街を歩いている。

最初のうちはヴァーニアにやってもらっていた顔を描く作業も、そのうち自分でやるようになっているという。いわばお化粧を学んだようなものか。

ある日、暇だからと空を飛んで散歩していたフラットルテが変な顔で帰ってきた。

「ご主人様、こんな噂《うわさ》を聞きましたよ」

「ん？　何かあった？」

「各地の地元美少女コンテストを道場破り的に回っているラナンキュラって女がいるって」

「道場破り⁉」

「地元名産品のキャンペーンの告知用に、その土地の美男美女を選ぶってことはよくあるんですけど、そういうところをラナンキュラが荒らしまわってるみたいです。で、結果発表のあとはすぐに姿を消すらしいとか」

「完全に己《おのれ》の腕を試しまくってるな……」

オシャレをしたいということは人の反応も待ってるわけだし、エスカレートすればこういうことになるのか。バレないならいいけど。

「最初は何をしてるんだって思ったけど、見た目で力比べをしてるんだと考えたら、アタシみたいなもんですね」

「言われてみれば、フラットルテに近いのか」

あなたの街で魚のすり身に群がる鳥がいたら、ラナンキュラが来てた跡かもしれません。

サンドラの故郷を探した

スケルトンのラナンキュラの問題でイムレミコ船長およびラナンキュラと会った時、実はそのあとでもう一人とも会っていた。

その相手はミユだ。

「ミユだよー。なんかヤバいことあったって話だけど、どうしたのー？」

「わざわざ対岸まで出てきてもらってごめん！　ちょっと聞きたいことがあってね」

近づけず島にすぐ行くことは難しいので、ミユに船長の船が出ている港町ヒラリナーの側に出てきてもらった。

といっても、そもそもミユに聞きたいことがあると手紙を送るだけでも時間がかかる。船長の船がいつ近づけず島に着くかはっきりとはわからないからだ。

なので、時間を合わせるのも大変なのだが、ラナンキュラの件では数回港町に顔を出す必要があったので、まだ日程調整ができないこともなかった。

やったことは、船長から船のスケジュールを聞いて、近づけず島から船が戻ってくるタイミングを確認しただけなんだけどね。

「手紙にはマンドラゴラの産地を知りたいって書いてあったけど、どうしたの？」

「うん、ちょっといろいろあってね」

話は過去にさかのぼる。

◇

「そういえば、サンドラさんは里帰りをしようだとか思わないんですか？」

ある日、ライカがサンドラにそう尋ねた。ライカの姉のレイラさんが来ていた直後だったので、それでサンドラのことに思い当たったのだろう。

私はその会話を洗い物しながら聞いていた。

「思わないわよ。興味ないわ」

サンドラは取り付く島もないといった調子で言った。

もっとも、サンドラがそっけない態度をとることはしょちゅうあるし、これだけで本心でそう考えてると解釈するのは早計ではある。素直になれてない場合もある。

この世界では通じない言葉だが、サンドラはツンデレなところがある。

まあ、サンドラじゃなくても、「里帰りしたいです」と言うのは少し気恥《きは》ずかしいだろう。

「帰って何が変わるというものでもないですが、自分の中の区切りがついたりはしますよ。地元に嫌《いや》な記憶があったりするのでなければ、一度戻ってもいいかもしれません」

ライカもサンドラが素直な性格じゃないことは知っているので、念押しするように言った。

「本当に興味がないのよ。まず、あなたたちと違って、こっちは植物よ。親とか親戚《しんせき》とかと接点はないわよ」

言われてみればそうか。

植物には本来、帰省という概念がない。

園芸の店で買った種からできた野菜が故郷に帰りたいと言って畑から抜け出したなんて話は聞いたことがない。ていうか、その種が故郷の記憶を持ってるのか謎《なぞ》だ。

「しかも三百年生きてるマンドラゴラなんてほかにいないわよ。貴重だから、魔女が狙《ねら》ってたわけでしょ。親戚がいたとしてもとっくに死滅してるでしょ。戻ってもしょうがなくない？」

正論すぎる。

家族も知り合いも一切《いっさい》いない故郷に里帰りしたいかと言われれば、どうでもいいという気持ちにはなるよな。

「自分で移動できるようになったってことは、好きな場所で生きていくのが一番だと私が育つうえで判断したってことよ。その時点で故郷とは離れる覚悟はできてるの」

「そうですか。そこまでお考えでしたら、これ以上は我からは何も言いません。我は自分中心で物事を考えていましたね……」

ライカが反省する必要はないが、植物には植物の価値観があるということだ。むしろ、サンドラの価値観は植物基準からも離れている。

これで、話は終わりだと思った。だが、続きがあった。

「それと、どのみち帰りようがないわよ」

サンドラが気になることを言ったのだ。

どういうことだ？　まさか地元が魔女の乱獲で根絶やしになったなんてことはないよね……？

「私、故郷の場所なんてはっきり覚えてないもの。当時は土地の名前も意識してなかったし。地域がしぼれても、人がろくに住んでない高台——高原がはるか先まで続いてて、そのうちのどこだなんてわかりっこないわ」

そりゃ、植物は「自分の生まれは何々州のどこそこという町の外《はず》れです」なんて認識をしてるわけない。原則、死ぬまでその場所から動かないのであれば、地理的に把握する意味もない気がする。

タンポポみたいに綿毛《わたげ》が飛ぶ植物なら子孫は離れたところに運べるかもしれないが、生えてきたタンポポはその場で生き続ける。

茨城県で生まれたタンポポがもっと北の雪国で生まれなくてよかったと安堵《あんど》することもなければ、人生で一回ぐらい東京に行きたいなと考えることもない。

「それは探すのも大変ですね。高原地帯がどこまでも続いてる地域はあります。その中のどこかを文字の手がかりなしに見つけるのは海の中の小石を見つけるぐらい難しいです」

ライカも諦《あきら》めたようだ。

できることとできないことがある。

可能性があるとすれば、神様に教えてもらうぐらいしか思いつかない。おそらく神様ですら植物の生まれた場所まではわからないけど。

というわけで、サンドラの里帰りは、本人に興味がないうえに場所の発見も絶望的ということで、完膚《かんぷ》なきまでに消滅したはずだった——のだが、話はさらに変な続きをみせた。

翌朝、サンドラが私のところに来て、こう言った。


「変な声が聞こえてくるわ！」

「えっ、誰《だれ》かお客さんでもやってきたの？」

「違うわよ。よくわからない奴《やつ》が、頭に語りかけてくるのよ。『たまには故郷に戻ってきてもいいんじゃないか？　待ってるぞ』って」

「故郷から連絡が来た!?」

「けど、故郷から具体的に誰が連絡してきてるのよ。もし私の親戚に同じような動けてしゃべれるマンドラゴラがいたとしても、遠くの仲間の頭に語りかける力なんてあるわけないわよ」

「話がズレるけど、サンドラ、ずいぶん賢くなったよね。論理的に考えられるようになった」

母親の目線としてはとてもうれしい。

「変なこと言わないの。確実なのは、故郷に帰ってこいって言ってる奴は、私の親戚でも何でもない奴ってことよ。なんで謎の存在が故郷に戻れって言ってくるのよ。いい迷惑だわ」

本当に、そのとおりだ。

誰が里帰りを勧めているんだ?

私としても、これだけではどうしようもなかった。

しかし、それからもサンドラは「今日も、故郷でのんびりするのもいいものだって言ってきたわ」とか「自作の謎の故郷の歌を歌ってきたわ」とか伝えてきた。

そして、ついにこういう結論になった。

「たまに頭に語りかけるこいつの声が消せるなら地元に行きたい。あるいは、こいつを見つけ出して、ふざけたことをするなって言ってくれるのでもいいわ!」

無茶苦茶《むちゃくちゃ》特殊な里帰りしたい意図!

とはいえ、声の主《ぬし》は地名に関するものは一切言わないらしく、場所の確定が難しいことは変わらなかった。ただ、故郷で待ってますということは言ってるようだ。

しかも、声の主も飽きてきたのか、そのあと頻度《ひんど》が大幅に下がって、ひと月に一回程度になった。だんだん疎遠になっていく地元の友達みたいな反応である。きっとひと月に一回の語りかけは二か月に一回や三か月に一回に開いていくだろう。

なので、放置してもよいかもしれないのだが、植物に近い立場で賢者であるミユなら何かわかるかもと思い、コンタクトをとったのだ。

◇

「それはヤバいね～☆」

私の話を聞いたミユがまず、そう感想を述べたが、ミユの「ヤバい」がどういう意味か解釈できないので、これだけではどう思っているかよくわからない。

「マンドラゴラが生育している地域なら調べてきたよー。前にサンドラちゃんの古い葉っぱはもらったから」

「あれ、役に立ったんだ。よかった」

前に手紙を送った時に、生え替わったのでいらなくなったサンドラの頭の古い葉っぱを入れておいたのだ。

逆に言うと植物らしい要素ってそこぐらいしかなかったんだよな。髪の毛に見える部分もサンドラ本人いわく葉っぱの一部ということだが、一般のマンドラゴラはそんな葉っぱは生えてないだろう。

「一口にマンドラゴラって言っても種類も地域差もあるからねー。低地に咲くのもあれば、高地に咲くのもあるよ。そのうち、サンドラちゃんの種類はデーワン高原に分布してるもの」

「おお！　早くも地名が特定できた！　助かるよ！」

「いや、これで特定とかウケるって！　ほら、地図を見て！」

ミユが出した地図を見て、ウケると言われた理由がすぐわかった。デーワン高原は広すぎるのだ。

私の住んでるナンテール州三つ分より面積が広い。

「これじゃ一歩前進とすら呼べないな。半歩前進というところだ……」

「大丈夫《だいじょうぶ》、大丈夫。もっと範囲は狭められるからさー。デーワン高原のどこにでもマンドラゴラが生育してるといっても、地域差だってあるから。サンドラちゃんの葉っぱの特徴は高原でも比較的雨が降る土地のものだから、東のほうだね。おそらくこのへん」

ミユが地図に円を描く。

面積がさっきの五分の一ぐらいになった。

「おお！　さっきより現実的な範囲になってきた！」

これならナンテール州より少し狭いぐらいの面積かな。まだまだ大変だけど、ローラー作戦を検討する気になれる程度には狭くなってきた。

「そして、この範囲の細かい地図を見たんだよねー。マンドラゴラが集まってる可能性が濃そうな場所に色を塗ったし」

もう一枚、ミユが地図を出す。

円の範囲を拡大した地図だ。

赤く色がついてるところはさらに三分の一ほどに狭まっている。

「ミユ、本当にありがとう！　ここまでしぼれるなら、調べに行けなくもない！」

我が家にはドラゴンが二人もいるし、空き時間に調べて回ることで故郷を発見できる確率が出てきた。

「あ〜、でも、サンドラちゃんが色をつけてないところにいたってこともありうるからね？　サンドラちゃんが意外なところに暮らしてたかもってことは否定できないからさー」

ミユが留保をつける。そりゃ、そうだ。あくまでも可能性が高い場所を示してくれただけで、ほかの場所にはいなかったという証明にはならない。

「わかってる、わかってる。こういうのは最終的には運のよさの問題だから。おかげで、調査をしようってモチベーションが湧《わ》いたよ」

私はミユに何度もお礼を言った。しかし、ミユはもっとこの件に尽くしてくれるつもりだった。

「ねえ、ミユはさ、来月にでも高原の家まで行って、サンドラちゃんと会うつもりなんだけど。景色の聞き取りをすれば、さらにしぼれるかもしれないじゃん。イモのバッテリーも持っていくから、そこも問題ナシ」

イモのバッテリーというのは、ドライアドに栄養を送る充電器みたいなものだ。ドライアドは栄養の補給が特殊なので、そういうものがいる。

「そこまでしてくれるなんて！　どれだけ感謝してもしきれないよ！」

「マジおおげさ～。超ウケる～！」

高級な料理でも振る舞いたいところだけど、ドライアドのミユが食べるものって果汁《かじゅう》や樹液なんだよな。

ミユはサンドラに会うと、すぐに細かい聞き取りを行った。

もっとも、横から見ていると、それは聞き取りというか、二者択一の質問を繰り返すというものだった。

「じゃあ、次の質問いきまーす！　この木は近くに生えてた？」

「このひょろひょろしたやつね。見たことあるわ」

「そしたら、この木は？　生えてた？」

「これ、背が高いわね。こんなのはいなかったわ」

サンドラも○か×かで答えるだけなので苦ではない。どんどん答えていく。

ミユいわく二者択一の質問を大量に続けると、範囲を狭めることができるという。

明確な場所までは確定できないとは思うが、予想の精度が上がっていくならありがたい。

「こんな草は近くにあった？」

「なかったわ。こいつ、川のそばとかに生える奴じゃないの？　水場なんて記憶にないわ」

「そうっぽいねー。サンドラちゃんは、デーワン高原の中では比較的雨が多い東部の、なおかつ東部にしてはかなり乾燥した場所にいたっぽいねー」

なんか言葉だけ聞くと混乱する表現だな。乾燥してるのか、そうじゃないのかどっちなのか。

「栄養溜《た》め込まないと、やっていけないって本能的に思ったわ。それがどんどん大きくなって動けるようになったのかしら。動けば栄養を取りにいけるもの」

そんなミユとサンドラのやりとりを聞いていたライカが私に言った。

「サンドラさん、自分では何も覚えてないつもりだったみたいですが、記憶が戻ってきていませんか？」

「二者択一の質問の中で、おぼろげな記憶がくっきりしてきたみたいだね」

漠然と、昔の景色を思い出せと言われてもとっかかりがないけど、「こんなものが近くにあったか？」という質問なら答えやすい。

そのうち、それが昔の景色を思い出す手がかりになる。

そして、ミユはサンドラの回答を元に故郷候補地をピックアップしてまとめてくれた。

「この二十箇所がとくに確率が高い場所だよー」

「ありがたい！　これなら、空き時間に調査ができる！」

二十箇所なら、ライカとサンドラがともに調査を行えば、一日につき三箇所調べるとして七日で終わる。離れた高原に行くまでの移動時間もかかるし、そんな単純には計算できないが、チャレンジできる数字になってきた。

「故郷はどうでもいいけど、語りかけてくる奴の正体は気になるわ。余計なことするなって言ってやるわよ」

帰省が目的とは到底言えないけど、地元を探してはいるから、別にいいかな。

◇

サンドラの故郷探しはしばらく天気が安定してそうなスケジュールで行われた。

参加はライカ、私、サンドラ。

少人数で移動するのは、ろくに宿もなさそうな土地だからだ。家族揃《そろ》ってだと小回りが利《き》かないし、そもそもハルカラは仕事がある。

私とサンドラを乗せたライカは黙々《もくもく》と遠方の高原を目指して飛んだ。なかなかの長距離移動だ。

「ここが私の故郷かもしれないところなのね」

空から景色を眺めながら、サンドラが言った。

高原と呼ばれてる点だけは私の住んでるところと同じだが、風景の印象は全然違う。

「ナンテール州の高原はもっと緑が多いけど、ここは地面がむき出しって感じだね」

真上から見える色は大半が茶色なのだ。

「ナンテール州の高原より冷えるもの。あと、土も豊かではないわ。それとアップダウンがないわね」

たしかに高原といっても、同じぐらいの高さの土地が続いてるので、正直な話、高原っぽさを感じづらい。

「そろそろ、調査の一箇所目が近いですね。着陸します」

ゆっくりとライカは高度を下げていった。

といっても、一箇所目も二箇所目もハズレだった。

どちらもサンドラがすぐに「違うわね。空気の流れになじみがない」と言ったのだ。

植物は空気の流れを意識しているようだ。で、そんなことはドライアドのミユも把握できなかったらしい。ドライアドは生まれた時から動き回れるから、私たち人間と同じで空気の流れに敏感になることもない。

これは動かない植物にしかわからない。

「ミユが選んだように、マンドラゴラはたまに生えてるんだけどね」

マンドラゴラらしき葉っぱは目につく。といっても、群生しているのではなくて、一つずつ離れている。栄養に限りがあるからだと思う。

「けど、違うものは違うのよ。次に行きましょ」

で、その日のうちに回った三箇所目も四箇所目もハズレだった。

ただし、サンドラが近くを歩いて、ここは絶対違うと断言するので、捜索効率は悪くない。

その日は小さな町の宿で一泊した。サンドラはそのへんの土に埋まってるからいいと言ったが、誘拐される危険もあるので、ちゃんと宿泊してもらった。

今回の旅で何箇所見て回るかは決めてないけど、できれば半分は見たいところだ。二十箇所のどこかに正解があってくれるといいんだけどな。

夜、サンドラは私のベッドに入ってきた。サンドラは甘えられる時は甘えてくる。

「サンドラ、故郷は見つかりそうだと思う？」

「わからない。でも、昔、こういう景色のところにいたなという実感はあるわ」

だとしたら、とんちんかんな場所を捜索しているということはないな。

「それとね、また、変な声が聞こえてきたの」

「あっ、その声が大きく聞こえたりとかって変化はある？」

距離的に近づくと声が大きくなるとしたら、それで候補がしぼれるからね。

「ん～ん。これまでと同じ。それに今までより投げやりだったわ」

「投げやり？」

「『どうせ誰も来ないでしょうけど、言うだけ言っておきますね。豊かじゃない自然がたくさんある故郷を忘れないでください』って」

「豊かな自然じゃなくて、豊かじゃない自然って言ってたの……？」

故郷のよさを謳《うた》うことはあっても、ディスることなんてあるのか？

「間違いじゃないわ。だって、このへん、土地は痩《や》せてるし、豊かとは言いづらいから」

正直者かもしれないが、声の主はいったい何者なんだ？

もしかすると、サンドラ以上に私のほうがサンドラの故郷（というか、呼んでくる存在）に興味を持ちだしているかもしれない。


翌日は五箇所を回ったが、サンドラはいずれも「違うわ」と短く言った。

はっきり言って、私とライカは回った場所がごっちゃになるほど、それぞれの地形が似ていた。

「あの遠くの山の見え方が違うぐらいで、ほかはすべて一緒ではという気になってきますね」

「私もそう。建物も何もないしね。生えてる植物だって似てるし」

「ここも前のところも私がいたところより環境が悪いわ。私がいたところはまだマシだったわ。このへんのマンドラゴラはどうにか生存してるって状態だもの」

これでサンドラが勘違いして、正解の場所を間違いと言っていたら、永久に見つからないおそれもあるが、そこはサンドラを信じるしかないな。

サンドラにまで「全部故郷のように感じて判断できない」と言われるよりマシと考えたい。そうなってしまうと、完全に捜索不可能になる。

そして三日目の最初の箇所で変化は起きた。


「あっ、あっ、あっ！　ここじゃないかしら！」


到着した途端、サンドラが声を上げた。そして、すぐに走り出した。

地面にはたまにマンドラゴラの葉っぱが見える。そんな葉っぱを踏まないようにサンドラは慎重に走ると、ある場所で立ち止まった。といっても、目印になるものは何もない。たんなる地面の上という感じだ。

「ここ」

そう、サンドラは言った。

「ここに私は植わっていたわ。そう、こんなふうに風が流れてた」

ちょうど、強めの風が大地を通り抜けた。土も舞うので厄介《やっかい》だ。

「栄養もろくにないし、これは苦戦するなと思いながら、生きてたわ。できることと言えば、土の下に栄養を溜め込んで、それで生き延びることだけだなって。それを繰り返してたら、動物っぽい体ができてた。最初は地上を這《は》うようにして、ほかにもっといい場所はないかって移動したの。そのうち、歩けるようになって、生活しやすい土地を求めて動き回ったわ」

サンドラの言葉が合ってるか確認する術《すべ》は誰にもない。

だけど、別に正解でも間違いでもどっちでもいいのだ。

サンドラがここが故郷だと思って、感動しているのだから。

感動という表現はズレてるかもしれない。でも、サンドラの感情が高ぶっていることは表情を見れば誰でもわかる。

やっぱり故郷に来たら、こみ上げるものはあるんだ。

動機はどうあれ、来るべきだったな。

「サンドラさん、よかったですね」

ライカももらい泣きみたいに目をうるませていた。ライカは感受性豊かだからね。しかもサンドラの場合、たどり着くことも難しいとされていた故郷を見つけたのだから。

「よかったかはわからないけどね。故郷だってこと以上の意味なんてないから。いい思い出もないし。いい場所なら移動なんてしてないわよ」

それは、まあ、そうだ。故郷が暮らしやすいかは別問題ではある。

でも、今のサンドラは喜んでいるのだから、ここに来たことは正しかった。

「忘れないように地名を確認しておかなきゃ」

そう思って、ミユのくれた紙を確認してみたが、ものすごく離れた地名しか書いてなかった。そこからわずかな景色の違いを頼りにここまで来いということだ。

「アズサ様、人がいなすぎて、細かい地名がないそうです」

「そりゃ、地名をつけるのは人間だもんな。だからこそ、調べるのも苦戦したんだよね」

しかし、そこでふと気にかかることがあった。

サンドラの頭に語りかけてきた対象については何もわかっていないままだ。

近くに人の姿をしたものはいない。

ライカも例の声の主がいないか目で追っているが、それらしき人物はいないようだ。

「いないよね、誰も。声の主はサンドラに故郷で待ってるぞって言ってたんだけど」

「かなり前の声ですからね。移動した可能性はあります」

「それもそうか。小屋すらない場所で待つのなんて三日が限度だね。しょうがない。サンドラが帰省を満喫したら帰る――」

そう私が口にした時、

「いかがでしょうか？　里帰りというのはよいものですよね」

知らない声が聞こえてきた。

だが、周囲には相変わらず誰もいない。

サンドラの視線が足下を向いた。

「あれ？　こんな元気な葉っぱのマンドラゴラ、生えてたっけ？」

たしかに青々《あおあお》とした、まるで野菜みたいな色つやのいいマンドラゴラが生えていた。

ほかのマンドラゴラの大半が土で薄汚れている中で、それだけモロヘイヤっぽいのだ。

「こんにちは、マンドラゴラの精霊です」という声が葉っぱの元気なマンドラゴラから聞こえてきた。

「えっ？　あんた、精霊なの？　どう見ても植物だけど！」

サンドラが驚いた声を上げたぐらいなので、私が気づかなかったのも当然だろう。

「はい、こういう姿でやらせてもらっています。難点は植物扱いされてしまって、精霊の交友関係が薄いことです」

声は聞こえるので、発声はしているようだ。

それにしても、完全にただの植物だな。

「先日、風の精霊が当方のところに来て、高原の魔女さんの話をされまして。それで、動けるマンドラゴラの方がお住まいだなと思い出して、連絡した次第です」

まさか、風の精霊案件がこんなところに影響していたとは……。

「ただ、長らくお姿を見かけることもなかったので、やはり来てくれないのかなと、少しばかり投げやりになっておりました。それで、豊かじゃない自然がたくさんなどと言ってしまったことも……」

精霊は口ぶりからすると反省しているようだが、何も見えないのでわかりづらい。

サンドラが精霊の前にしゃがみ込む。

「だって、あんた、住所を教えなかったじゃない。だから来られなかったのよ。アズサがミユってドライアドと知り合いじゃなかったら終わってたわ」

「それは……ここを住所でどう表現していいか、当方もわからなかったもので……」

精霊側もわかってなかったのか！

「何もない場所で出会おうとしていたと考えれば難しいのも腑《ふ》に落ちますね」

ライカがきれいにまとめてくれた。目印のない待ち合わせを精霊とサンドラはやっていたのだ。

「そういうことね。変な声が聞こえて迷惑だって文句《もんく》の一つも言うつもりだったけど、許してあげるわ」

サンドラは腕組みして言った。曲がりなりにも故郷に着いて機嫌がいいのだと思う。

ところで、マンドラゴラの精霊に対してマンドラゴラのほうが偉そうにしてるけど、精霊のほうが強いって上下関係はないんだな。

「こちらこそ失礼いたしました。話のできるマンドラゴラの方と出会えて光栄です。話し相手に飢えていましたので」

それは寂《さび》しいだろうなあ……。

もしメガーメガ神様が意地悪だったら、こんな辺鄙《へんぴ》な場所に転生させられていたおそれもある。

神様がテキトーでも、意地悪ではなくて本当によかった。

「話し相手ぐらいならいいわよ。いちいち、ここに来るのが面倒だけど」

サンドラが精霊の葉っぱを一枚手にとった。おそらく握手の代わりだ。

辺鄙という難点はあるけど、なにはともあれ、サンドラに友達ができたようでよかった。娘の友達作りのためなら、多少の苦労はいとわない。

「ああ、ご自宅の場所を教えていただけましたら、こちらから伺います」

植物が言ってると思うと、不自然な言葉だ。

ていうか、どうやって伺うんだろう？　鉢植えで運ばれてくるの？

「当方、精霊なのでこういった移動はできますので」

精霊がそう言った瞬間、サンドラの前にいた葉っぱが私の真ん前に現れた。

「ほら、こんなふうに」

「この移動能力は間違いなく精霊だ！」

どうやってるかはわからないが、精霊はいきなり離れたところに移動する能力を持っているものが多い。ユフフママたちもいきなりやってきたりする。この精霊もそういう移動ができるのだろう。

「まっ、こうやって会ったのも何かの縁だし、今後ともよろしく。私たちが住んでるのはナンテール州のフラタ村の郊外の高台。家がぽつんと建ってるよ」

私は精霊に向けておじぎをした。草に頭を下げるの、変な感覚がある。

「こちらこそ、よろしくお願いいたします。アズサさんですよね。世界精霊会議では、ごあいさつできず失礼いたしました」

「えっ？　あなた、いたっけ？」

「湖のほとりに出現していました」

「そりゃ、気づけるわけない！」

私が知らないうちにいろんな精霊に出会ってる可能性はあるな。


サンドラと精霊は積もる話もあるだろうと思ったが、そんなことはなかった。

「このへん、三百年で変わったことはあった？」

「何も変わってませんね」

「でしょうね」

「当方も普段は違う種類のマンドラゴラの生えている緑豊かな土地にいます」

「そしたら、そろそろ帰るわね」

ものすごく淡白《たんぱく》に終わった！

「本日はお忙しい中、ありがとうございました」と精霊が言った。

ぱっと見は完全に草だけど、礼節はわきまえている。それにサンドラがタメ口でも怒ったりしないので、寛大でもある。

「ところで、あんた、名前は何なのよ？」

サンドラが聞いた。そういや、まだ聞いていなかったな。

「名前はまだないので、決めていただけませんか？」

ないんだ……。

これまで出会った精霊の中でも、ある意味、一番異色だな。ここまで見た目が特徴的だったら、名前がついてなくても困りはしないのか。

命名か。精霊らしい名前なんてわからないし、何かきっかけがあればいいな。

マンドラゴラって、たしか広い意味ではナスの仲間だったな。ナスの仲間も有毒なのが多いし。

私はれっきとした魔女なので、そういう知識はある。ナス科、ナス科……。


「じゃあ、ナスカでどう？」


葉っぱが少し動いた。

「ありがとうございます。その名前を大切に使いたいと思います」

葉っぱが地面にぺたんとついた。おそらく、お礼をしているのだろう。

「また、どこかでお会いしましょう」と丁寧《ていねい》なあいさつをして、マンドラゴラの精霊は突如消えた。

違うところに瞬間移動したのだ。

「変な植物だったわね」

「サンドラから見ても植物なのか」

じゃあ私が植物だと思っても、おかしくなかったんだな。

「しゃべるマンドラゴラなんて目立つし、また会うこともあるんじゃないかしら」

それをサンドラが言うのかと思ったが、面倒なのでツッコミは入れないことにした。

◇

そして、高原の家に戻ったところ――

やけに鮮やかな葉っぱのマンドラゴラがいた。

「えっ、もう来たの⁉」

こんなにすぐ再会することになるとは思っていなかった。

「ご住所がわかったので、伺うことができました。それと、もう一つ恥ずかしながら当方のミスでもう一度お聞きしないといけないことがありまして……」

別に何かの申し込みをしたわけでもないし、そんなものはなさそうだけど。

「つけていただいた名前を失念しました」

もう忘れられてる！

「ええと……ナスカ、ナスカだよ。それと、気に入らないなら自分でつければいいと思うよ……。それで文句がある人、この世界にいないし」

「いえ、今度こそ忘れずにいきます」

その後、ナスカはサンドラと菜園で話していた。このあたりの気候や植物について語っているようだ。

結果的にサンドラにしゃべれる植物の友達ができたみたいなので、よかったです。

闇《やみ》営業で迷惑した

She continued destroy slime for 300 years

ヴァンゼルド城下町でベルゼブブやリヴァイアサン姉妹と食事会をした帰り、ファートラにこんなことを言われた。

「そうだ、アズサさん、ついでに闇営業をしていってくれませんか？」

闇営業⁉　無茶苦茶《むちゃくちゃ》悪そうな響き！

その日はあとは城下町の宿に泊まるだけだなと思っていたのに。

魔族のことはだいたい知った気になっていたけど、まだ私の知らないところで何か恐ろしいことをしてるんだろうか？　もっとも私が誘われているので、このままだと私も知る側になるんだけど。

普通なら物騒《ぶっそう》だから即座に断っていただろうが、ラナンキュラの件でヴァーニアがやる気になってくれていて、むげに扱いづらい状況ではあった。

けど、そういう断りづらい状況を狙《ねら》って、危ない橋を渡らせようとしてきてるのかもしれない。

だったら、ここは断ったほうが――

「アズサさん、先日、校長の集まりでご活躍されましたよね」

「ああ、あれね。校長の前でしゃべって、一日校長までやったっけ」

話がつまらなすぎる校長たちになぜか私が指導する形になった。

「その話が広まって、闇営業でもお顔を見たいという要望が出ていまして」

どんなつながりなんだ、それ！

校長と闇営業って最も接点ができてはいけないものだと思うぞ。

「闇営業では魔王様や数名の大臣も話をしますし、ちょっと自己紹介をしてくださるだけで十分なんですが。持ち時間は三分。場所はお城のホールです。お話の時だけホールに入っていただいて、終わればすぐ帰ってくださってけっこうです」


おや。


私が言葉を聞いてイメージするものとニュアンスが違う気がするぞ。

そんな後ろ暗い集まりならペコラも大臣たちも出席はしないだろう。いや、でも魔族の上層部で巨大な収賄《しゅうわい》の計画があるとか……。

「お話をしていただくのは、警察トップの『防犯意識を高めましょう』という話と、税務関係の役人の『納税は適正な申告を』という話の次になるかと」

無茶苦茶、公的な空気が漂っている！

「ねえ、ファートラ、その闇営業って通称だよね？　結局、何なの？」

「ああ、正式名称は『シャドーの会』という、見た目は黒い影にしか見えない種族の会合です。シャドーの政財界の関係者の集まりですね」

通称に非合法の香りがあるので、呼び方を変えてほしい。

とりあえず公的な仕事なのは確実だ。政財界の関係者の中に一人ぐらい賄賂《わいろ》に関《かか》わってる奴《やつ》はいるのかもしれないが、だからといって式典の参加自体が問題になることはない。

「そんなのでいいなら、別にいいけど。三分しゃべって帰るよ」

「ありがとうございます。それでは馬車をご用意いたしますので、こちらへ」

ファートラに手際よく仕事を押しつけられた格好だ。

そして、お城にあるホールに案内されるかと思ったら、ホールを通過して、裏手の楽屋みたいな部屋に通された。

全体的にどんよりとしている。

服も見た目もいかにも偉そうな魔族が集まっているのだが、浮かない顔が多い。

「闇営業、今年は通産相に押しつけたかったんだけど、遠方の視察があるので無理と体よくかわされたよ」

「城下町を離れる仕事があればよかったんですが、こういう時に限ってないんですよね」

「十五分ぐらい話したつもりなのに、五分もたってなかった時がありました」

ものすごく評判が悪い……。

いろんな場面でしゃべる仕事を任されているはずの大臣やお偉方がこの反応とは。シャドーの中に政財界を牛耳《ぎゅうじ》ってるドンみたいなのでもいるのか？

「あっ、お姉様じゃないですか」

ペコラもここにいた。そのペコラもあまり元気がない。

「お姉様も騙《だま》されて連れてこられたんですね」

「えっ？　そんな嫌《いや》な会なの？　ペコラのテンションが低いって相当だよ」

「わたくしも魔王なので、乗り気じゃない仕事もなんだかんだでやってるんですよ。この種族の集まりだけ出席しませんなんてことを言うと、差別だとか叩《たた》かれかねませんからね」

そうか、魔族の中で一番偉いといっても、組織の中に埋め込まれてることには違いはないから、しがらみからは自由じゃないんだな。

地位があるからといって、幸せなものとは限らないらしい。

すると、私が入ってきたのとは違うドアが開いて、魔族が入ってきた。多分、ホールの裏手とつながってる通路に通じているのだろう。

「あ～、終わった、終わった……。タイムキープが難しいんですよね、あそこ。異様に早く帰ってもやる気がないって言われるし、話が長くてもそれはそれで文句《もんく》言われるし」

タイムキープが難しいって時計は置いてないのか？　どうとでも対策できそうだけど。

「次は、高原の魔女の方ですね。どうぞ、ほどほどにしゃべって戻ってきてください」

帰ってきた魔族に言われた。順番的に私の前だった税務関係の人か。

「それと、演台で足をぶつけないようにしてくださいね。手を少し前に出して場所の確認をするといいですよ」

演台がそんな変な場所にあるのかな？　アドバイスの意味がわからん。魔族の間では透明な演台でも流行《はや》っているんだろうか。

「お気づかい感謝します。一日校長をやった話でもしますね」

ものすごく気乗りしないまま、通路を通ってホールのほうへと向かった。どうせ三分話すだけだし、すぐに終わる。

暗幕みたいなものがあるので、この先が舞台だろう。

だが、なにやら勝手が違った。

暗幕を開けても、闇が広がっている。

それと歓声ではないが、好意的な声がちらほら聞こえる。真《ま》っ暗闇《くらやみ》なのに受け入れられ、注目されている空気なのだ。

「高原の魔女アズサさん、こちらへどうぞ」

司会者らしき声がする。ということは場所を間違えたとかではないようだ。

「シャドーが落ち着く環境にするため、室内を少々暗くしております。シャドーじゃない方には暗くて見えづらいかもしれませんが、なにとぞよろしくお願いいたします。その先が演台です」

そういうことか！

シャドー以外の種族にとったら真っ暗で何もわからないところで話をさせられるわけか……。

これはタイムキープも難しいな。砂時計とか置いても、そんなの見えるわけないし。

手が演台に当たったので、場所は把握できた。

こっち側にシャドーが集まってるんだろうな。何もかも手探りだ。もし逆を向いてたら、さすがにシャドーが反応するだろう。

「ええと、私が高原の魔女アズサです。こんなところに呼ばれるとは思っていなかったのですが……校長先生の集まりと交流があったせいで呼ばれたんでしょうか」

話をはじめて気づいた。

闇の中から、視線だけ感じて話をするのはかなりきつい！

ホラー的な要素は何もない。演台から話をする時に緊張する人はいても、背筋がぞくっとする人はいない。

でも、なんかそわそわするのだ。居心地が悪い……。

聴衆が目の前にたくさんいる。

しかしその聴衆はまったく見えない！

この二つが並び立つせいで混乱する。

状況が特殊なので、体がどう対応していいかわかってないのだ。

とっとと話を終わらせて、帰ろう……。

私は一日校長の話や眠くならない校長のトークについて、ざっと話した。

「――つまり、一番大切なのは校長先生のやる気が子供たちに伝わることなのかなと。やる気だなとわかって、悪い気がする人はいませんから。そうなれば、子供たちも応《こた》えてくれて、いい循環がはじまるのではと思います。ご清聴ありがとうございました」

ようやく終わった……。

約三分しか経過してないと思うけど、異様に長く感じたな……。

最低限のことはやったつもりだけど、評価はどうだろう……？

ぱち　ぱち　ぱち　ぱち　ぱち　ぱち　ぱち　ぱち　ぱち

なんか、怪奇現象みたいな拍手！

「素晴《すば》らしいお話、ありがとうございました。高原の魔女アズサさんはシャドーの拍手には慣《な》れてらっしゃらないかもしれませんが、たくさんの拍手が鳴っております」

拍手がかなり独特！

「本日は足下の悪い中、ご参加くださり誠にありがとうございました」

本当に足下が悪い！　それと足下が悪い中っていうのは、雨が降ってる日のことを言うのであって、足下が視認できない時に使う言葉ではない。

私はすたすたと暗幕があったほうに歩いていった。

で、暗幕に顔がひっついた。

距離感をミスった……。


楽屋に戻ると、魔族たちがやたらと讃《たた》えてくれた。

「お疲れ様でした！」『大変だったでしょう』「お茶でも飲んで休んでください」

「三分話してされるような反応じゃない！」

ペコラも拍手で迎えてくれた。

「いや～、この会はお偉方が出ないわけにもいかないのですが、いつも評判が極端に悪くて、みんなどうにかして抜けようとするんですよね」

「何も知らない私が穴埋めに入れられたんだな……」

おのれ、ファートラめ。役人の意地の悪さを見た気がするぞ。

それでも拘束された時間はたかが知れているし、過ぎたこととして大目に見るか。

「あ、そうだ、今度『ファイアサラマンダーの経済を考える会』というのがあるんですが、お姉様、参加されますか？　しゃべる時間はまた三分ほどなんですけど」

「ああ、やるやる――って言うわけないだろ。種族の名前からして、絶対に熱くてつらいやつだろ！」

魔族のお偉方から笑いが漏《も》れた。

こういう地味な苦行めいたことをすると、連帯感が生まれるなと思いました。

◇

楽屋を出ると、ファートラが待っていた。

「お疲れ様でした。とてもよいスピーチでしたよ」

「褒《ほ》め言葉よりも謝罪を求めたい。しゃべる人が少ないから穴埋めで使っただろ」

「いえ、シャドーのほうから要望があったのは事実ですよ。聴衆の中にシャドーの校長がいたんです。その校長も朝礼で困っているとか」

「なんか、校長って困ってばっかりだな。その校長も話に自信がないの？」

そんなに自信がないなら、簡潔に話して、すぐに朝礼を終わりにすればいいのだ。それだけでも生徒からの評価は上がると思う。

「いえ、シャドーとしては朝方の光がまぶしい時間に朝礼はしたくないけど、夜明け前に朝礼をするわけにもいかないし、どうするべきか悩んでいるとか」

「私が解決できることじゃない！」

いろんな種族がぐちゃぐちゃに暮らすのも楽ではないようです。

鯛焼きに似たものを見つけた

She continued destroy slime for 300 years

ナンテール州の隣の州にある街をライカと歩いていた時のこと。

市場のある通りに、とくに長い行列ができている店があった。

「アズサ様、あれって何を出している店でしょうか？」

ライカというかドラゴンは食べ物に対する感覚が鋭い。行列ができてる店イコールおいしいことで有名な店の可能性も高いし、見逃すことはない。

「このへんに名物料理もないし、肉の串焼きでも出してるんじゃないの？　あるいは揚げ物とか」

屋台で野菜中心の料理に行列ができるとも思えないしね。

ドラゴンはとくにがつがつ肉を食べる印象があるが、一般人でも屋台で食べるとなると肉料理や肉が入った揚げ物が中心だ。三十分並ぶサラダなんて聞いたことない。

「いえ、肉の料理とは明らかに違う匂《にお》いなんです。甘いものではないでしょうか」

「甘いものか。カップケーキなら屋台で出てておかしくないかな」

まだこの世界では、クリームたっぷりのショートケーキみたいなものは出回ってない。材料としては作れるだろうし、存在はしてるかもしれないが、クリームの日持ちが難しいから売りづらいのだと思う。

けど、前世でもショートケーキは屋台では売らないか。手づかみで食べたら、べたべたになるしな。

こんな市場で売るお菓子《かし》となると、前世でもベビーカステラとか持ち帰りしやすいものが多かったかな。

ライカはお嬢様っぽい落ち着いた調子だが、さりげなく屋台のほうに近づいて香りをチェックしている。食べ物に関しては本当に妥協しない。

「むっ。アズサ様が『食べるスライム』に入れているものに近い匂いもするような」

「餡子《あんこ》ってこと？　だとすると、餡子がじわじわ広まってきたのかな」

餡子作りに著作権などないし、餡子がスイーツとして認知されていくのは普通にうれしい。甘い豆というのは食べ慣《な》れてない人にとっては、受け入れるのに時間がかかる。

それがおいしいものと思われてきたのならありがたい。しかも私たちの住んでる州の隣の州まで広がっているわけだから。

「これは確認が必要なので、並んでみましょう」

ライカは最初から並ぶ気だったな。

私も餡子が使われてるかもと聞けば放《ほう》ってはおけない。列に並ぶ。

列が長くても提供のペースが速いのであっさりと前のほうに移動できた。

そして何を売っている店かの全貌《ぜんぼう》がわかった。

サイキュール選手権
金賞
受賞!
鯉焼《こいや》き
鯉の形をしたサクサク生地と、
甘い豆が合う！

「鯛《たい》焼きみたいなのができてる！」

「鯛焼き？　魚の鯛を焼いて調理したものでしょうか？」

ライカには鯛焼きが通じてない。そりゃ、そうだ。鯛焼きと聞いて、お菓子の名前と思うほうが変である。

「ああ、ここのに似たもので鯛の形を模したお菓子があったかな〜って」

ナンテール州は内陸なので鯛も食べられてないので、鯉焼きのほうが自然だ。日本では鯛焼きは海がない場所でも売っていたが、それは日本での知名度があるからできることである。

「よくわかりませんが、とにかく購入してみましょう。アズサ様はお一つでいいですか？」

「うん、ライカは三つぐらいでいい？　安そうだし、いくつでもいいよ」

こうして、鯉焼きなるものを買って、広場の人が少ないところでかじった。

「おお、とんでもなくサクサクだ！」

鯛焼きみたいなものかと思ったが、食感が違う。

テーブルで食べたら、食べかすが散らかるだろうというほど、パラパラと落ちていく。一般的な鯛焼きにおけるクリスピーっぽくなった生地の部分とはまったく違う。この鯉焼きの生地は極端に薄いものを何枚にも重ねた構造をしている。

やはり世界が違えば、似たものでも、こうも変わるのか。

………でも、これ、食べたことがある気はするんだよな。

しかし、鯉焼きなんて変わった食べ物なら、覚えているだろう。じゃあ、これはどこで……？

「なかなかいけますね。入っているのは、アズサ様が使っていた甘い豆をつぶしたものと同じです」

ライカも好感触のようだ。餡子をおいしいと思える人なら、これをハズレと感じることもないだろう。

「それにしても、こんなに甘い豆が広がっているんですね。これもアズサ様のお力の賜物《たまもの》です」

「いや、私も広がりすぎてびっくりしてるよ。製法を教えてくれって人が来たこともないのに」

まっ、使ってる材料が少ないのだから、砂糖の供給があれば誰《だれ》でもできるか。

それこそ鯛焼きに製法が近い大判焼きあたりなら、誰かが開発しそうだ。

この世界では、あれの名称を回転焼きだとか、今川焼きだとか呼称で論争になることもないから平和だな。

「そうだ。家の皆さんのためにも、買っていきましょう」

殊勝なライカはまた列に並びにいった。

鯉焼きは高原の家でも好評だった。変わったお土産《みやげ》が隣の州にあったというだけのことで、それ以上も以下もなく、話はそこでおしまいになるはずだった——のだが。


ある日、朝から空を飛び回っていたフラットルテが、夕方に戻ってきた。

「前に食べた鯉焼きとかいうのの違うバージョンを見つけたので、買ってきました」

フラットルテが袋をテーブルに置いた。袋にはこんな売り文句《もんく》が印刷してある。

「え？　鯉焼きって流行してるの⁉」

ネットもテレビもない世界でだって流行が発生することはあるので、それ自体はありえないことではないが、またニッチなものが広がってるな。

「いえ、アタシが飛んだのは、前にご主人様とライカが行った地域とは全然違うところですよ。この白い鯉焼きを出してた街の周辺でも、こんな白いのも前の鯉焼きも出してませんでした」

「じゃあ、鯉焼きから着想を得た人が別のものを違う土地で作ったのかな。……それはないいな」

私は袋に書いてる宣伝文を見た。

鯉焼きのものに似ている。しかも同じ選手権で賞を得てるし。バックの資本は同じではなかろうか。

その仮説は白い鯉焼きをかじった時に確信に変わった。

これは前世で一瞬流行した白鯛焼きにそっくりだ！

白鯛焼きとは、文字通り白い鯛焼きで、食感もベーシックな鯛焼きと違って、モチモチしていた。短期間だけ爆発《ばくはつ》的に広がって、熱が急速に冷めたのか、街で店を見かけることもなくなった。

お菓子としては生き延びて、コンビニでプリンの横に置いてあったりはしていたが。屋台で売ってる一般的な鯛焼きは時間がたつと、生地がふにゃふにゃになるが、モチモチの生地ならそのデメリットがないから、コンビニでも置けるのだ。

ついでに、以前食べた鯉焼きも食べたことある気がしていたが、なぜそう感じたかわかった。

あれはクロワッサン鯛焼きの食感にそっくりだった。

クロワッサン鯛焼きとは、一般的な鯛焼きと違って、サクサク感を極限まで高めて、パンのクロワッサンみたいな生地にしたものである。これもブームになり、ブーム収束とともにほぼ見かけなくなった。

スーパーやコンビニのスイーツコーナーでも見ないのは、輸送中に生地が粉々《こなごな》になるので、売りづらいからだろう。

サクサクとモチモチで明暗が分かれた格好だ。どちらにしろ一世を風靡《ふうび》して、そのあとマイナーな地位に転落したお菓子であることに違いはない。

変わったものが局地的に発売されるだけなら問題ないのだが、商品の売り方に少しばかりグレーなものを感じた。

少し、調査をしたほうがいいな。

◇

後日、調査を進めた私は、とある街の屋台そばで見張っていた。

その屋台の看板にはこんな宣伝文句が書いてある。

サイキュール選手権
金賞
受賞！
『月刊
市民生活』に
おすすめお菓子
として
掲載！
タピオカ入り牛乳
南国のイモの仲間で
作った楽しい食感！
マコデラさんも
「これ、おいしいわ」と絶賛！
ダマーン・セレクション
お菓子の部
優秀賞
受賞！

「胡散臭《うさんくさ》い！」

箔《はく》をつける部分がどんどん増えてわかりづらくなっている。

「なんだか、観光地にある、地元民をターゲットにしてないタイプの店みたいになっていますね。浮かれた気分になっている観光客しか買わなそうな雰囲気というか……」

ライカが冷静に分析した。

今回は私に加え、ライカとフラットルテまでいる。遠方まで確認してもらわないと調査もできなかったというのもある。調査というほどおおげさなことはしてないけどね。屋台の店員さんに少し質問した程度である。

「商品に自信があるなら、どこがうまいか書くべきなのだ。肩書きに頼って逃げてる気がするのだ」

フラットルテの言うとおりだね。

ちなみに私の手元にはタピオカ入り牛乳がある。さっき買ってきた。

数年に一度、いきなりブームになるタピオカミルクティーに似ていた。

たまに飲むにはいいが、おなかにずっしり溜《た》まるな。

どうしてこんな栄枯盛衰《えいこせいすい》の激しいものばかり扱うのか謎《なぞ》だが、そこは個人の自由なので置いておく。

問題はほかの部分だ。看過できないところがある。

そして、黒幕というか経営者が屋台にやってきた。


ミスジャンティーである。


「どうっスか？　儲《もう》かってるっスか？　原材料はこのへんじゃ栽培してないっスけど、調達のルートはあるっスからじゃんじゃん売ってほしいっス」

よし、動くぞ。

でも、合図する前にフラットルテが飛び出していったので、あわててライカもついていった。危険があることでもないので、チームワークはこの際《さい》どうでもいい。

「おい、ちょっと話がある」

フラットルテがミスジャンティーの腕を取った。

「げっ！　なんでフラットルテさんがいるっスか！　屋台を出してるだけっスよ！　屋台を出す許可も得てるっスよ！」

ミスジャンティーは抵抗しようとしているが、表情に余裕がない。

そこにライカが加わると余計に顔色が悪くなった。

「あの、サイキュール選手権とダマーン・セレクションについて調べさせていただきました。どちらも出品者が出した金額に合わせて、自動的に賞をくれるという……コンテストに見せかけた有料の格付け機関のようですね。そこでの格付けを謳《うた》うことは犯罪ではありませんが、あまり前面に押し出すべきではないかと」

「うっ……なぜ、バレたっスか！　まさか、わざわざ選手権がどういうものか調べる人がいるなんて……。あっ、アズサさん！」

私の顔に気づいて、ミスジャンティーは完全に観念したようだ。


「いやあ、『食べるスライム』を見て、こういうのをフラタ村から地理的に離れた場所でやれば成功するのではないかって思ったんスよ」

タピオカ屋台の裏手でミスジャンティーはすべて白状した。

なりゆき上、なぜかライカとフラットルテはタピオカ牛乳を飲んでいる。

「それについては何の問題もないんだけど、お金だけ払えば名前が載るタイプの受賞歴を使って宣

伝するのはやめてよね。なぜかというと、喫茶『松の精霊の家』のオーナーがやってるって広まると、巡り巡って喫茶『魔女の家』をやった私の評判も悪くなるかもしれないから」

そう、変な店を経営するのは好きにすればいいけど、一号店の元オーナーとしてはグレーなことも止《や》めさせたかった。

実は高原の魔女が入れ知恵をしているのではとか勘繰られると嫌《いや》だ。

「わかったっス……。いやあ、商品を思いつきはしたものの、多分どれも長続きはしないと感じたので、早く売り抜けたいなと宣伝を並べたっス」

「飲食店を開く奴《やつ》が売り抜けるって表現、使うな」

出資者としては正しい意識かもしれないが、買う側としては抵抗がある。

「それにしても、よくもこんなにいろんな商品を思いついたね」

そこは素直にすごいと思う。

「いいアイデアだと思ったんスよ。これなら、ブームの短い商品でも長く売ることができるんスよ！」

「どういうこと？　その部分、詳《くわ》しく教えて」

「街①・街②・街③でそれぞれ違うブームになりそうな商品を出すっスよね」

実際、そういうことをミスジャンティーはしている。

「それぞれ、ブームが下火になってきたら、扱う商品をシャッフルするんスよ。街①で出してた商品が売れなくなってきたら街②の商品に変更して、それも落ち着いてきたら街③の商品にするわけっス。街②でも同じように下火になってきたら街③の商品に変更して、それもダメになってきたら街①の商品を売るわけっス」

「たしかに長くは営業できる！」

狭い範囲だけで営業してると、ブームが同じタイミングで終了するけど、広範囲でやればほかで流行したものを持ってきて、継続させられるのか。

これが二十一世紀の社会だとブームがどこでもほぼ同時に来てしまうが、この世界ならかなりの時間差ができる。それを利用した策だ。

経営者としてはかなり優秀だと思う。

「特定の料理を出す店を長く続けるという意識はないんですね」

ライカが少し残念そうに言った。たしかに一つの料理で百年続けるぞというような気概は一切《いっさい》ないが、経営者の視点としては間違いではない。

「これなら、全世界規模で、神殿に仕える神官たちを雇える一大プロジェクトになるぞと思ったんス」

「うん。屋台で働いてる人たちもそう言っていたよ。各地の神官に力説したみたいだね」

「あれ？　そういえば、どこでアズサさんたちは私が関与してるって気づいたんスか？」

「ミスジャンティーが怪しいと思ったのは直感」

過去にも専門店を名乗りまくって宅配をするとか、やってたしな。

「それで、屋台で働いてる人にもしかしてミスジャンティー神殿の神官の方ですかって聞いたら、ことごとく神官って答えたからね。こんな商品を作れって啓示が来たとか、そもそもミスジャンティー本人が来たとか」

「しまった！　そこで足がついてしまったっスか！」

「足がつくって表現はやめろ」

いけないことをしてるって無意識に感じてる証拠だぞ。

「というわけで、各地の神官の生活を支えるってところは賛成だけど、だったらなおのこと、グレーなことはやめてね」

「そこは気をつけるっス……」

「私が問題視しているのはその点だけなので、これで話は終わりね」

ブームになってすぐ終わりそうな商品だからといって売ってはいけないなんて法はないし、一時的とはいえブームを引き起こせるものを作れるなら、とんでもない才能だ。

しかもそれで全国のミスジャンティー神殿の神官が生活できるなら、大変けっこうなことである。

ミスジャンティーにご利益《りやく》があるかは謎だが、少なくとも神官の面倒を見ようという気持ちはあるのだ。

「ところで、ミスジャンティーさんは全国の神官の生活を支えるとおっしゃってましたが、まだほかの食べ物の屋台も考えているんですか？」

ライカが質問した。たしかにどんなものを計画しているかは、純粋に気になる。

「そうっスね。ある地域にメロンパンっていうドーム型のパンがあるみたいなので、これはほかの土地で売れそうだなって思っているっス。あと、硬いパンばかりの地域に、無茶苦茶《むちゃくちゃ》やわらかいパンを高級パンとして売り出したら成功するかなという気もしてるっス。それと、鶏をカラッと揚げる地域があって、これもほかの土地で売り出せるんじゃないかと思ってるっス」

やたらとスラスラ出てきた！

「どれも特定の商品だけ売るのがポイントっス。調理に慣れない神官も一種類の食べ物だけ仕込むならできるっスからね。商品の廃棄率も少なくて済むっス」

ミスジャンティーの得意げな話を聞きながら、思った。

五十年後には、ミスジャンティー神殿の神官といえば屋台を出してる奴って認識をされるのではないか、と。

トロッコに乗ることになった

飾り文字の通信教育を続けているうちに、字はだいぶきれいになってきた気がする。飾り文字の講座といっても、普通の文字の練習教材も入っていたからだろう。あと、飾り文字を書こうとすると、元の字の形に意識するようになるので、それもあるのだと思う。

ミユに手紙を書いて送った時も、我ながらなかなかのものだったと自負している。

ていうか、手紙ぐらいでしか人に文字を見てもらう機会がないので、今後も各所に手紙を出したい。

その日の飾り文字の練習が終わった。分量はたいしたことないので、続けられる。継続は力なりというやつだ。

隣の机ではシャルシャが難しい顔をして、本を読んでいる。

見るからに専門的な印象を受ける、字の小さな本だ。

そこにファルファが外から帰ってきた。おそらくサンドラと遊んでいたのだと思う。

「シャルシャ、またトロッコ問題の本を読んでるんだね。こだわりすぎだよ」

ファルファが多少あきれたような調子で言った。

トロッコ問題ってたしか、どっちを選ぶべきか迷う究極の二者択一みたいなものだったな。

このままトロッコを走らせると、線路上の人が死ぬ。

しかし人を轢《ひ》かないようにスイッチを切り替えると、トロッコが谷底に落ちて、乗ってる人が死ぬ。

さあ、スイッチのそばにいる人間はどうすればいい？

――みたいなやつだったっけ。

うろ覚えもいいところだし、そもそもそんな極端な二者択一にならないような対処をしておけ（たとえば、線路に人が立ち入らないようにするとか、安全に回避できるルートに入るスイッチを用意するとか）というツッコミを入れたくなるが、概念としてはこういうものだった気がする。

この世界にもトロッコ問題はあるのか。科学技術を前提とするものでもないし、思考実験として存在することはあるよな。

「トロッコ問題を考えることは楽しい。どうすれば攻略できるのか、いろいろと夢想するだけでも悪いことではない」

シャルシャは知的娯楽と考えているらしい。

たしかにどっちを選んだところで本当に犠牲者が出るわけじゃないからな。

でも、そこから先が引っかかった。

「行ってみなくても想像だけで十二分に堪能《たんのう》できる」

えっ？　トロッコ問題って行くとか行かないとかを気にすること？

そりゃ、トロッコの前に立つと、リアリティーが出るかもしれないが。

「でも、それだと所詮《しょせん》、想像だよ。やっぱり、実際に体験することが大事だよ。シャルシャだって、行動しない学者ばかりではダメだとか言ってる時あるじゃん」

ファルファとしてはシャルシャの態度は中途半端《ちゅうとはんぱ》だということらしい。

もしかして、私は何かトロッコ問題を勘違いしてるのか？

実際にトロッコを止めたり動かしたりして、何か調べることをトロッコ問題って言ったりするのか？　ある意味、そっちのほうが真のトロッコ問題だけど。

「姉さんの言うことも一理ある。しかし、遠すぎるうえに、混雑は相当なものと聞く。一日の滞在では、ろくに体験できない……」

「行きたいんだったら行くべきだよ。行かない理由を考えだしたら、いつまでも何もできないことになるよ」

……おそらく、トロッコ問題を体感できる観光地みたいな場所があるんだな。

二人の話を聞いていると、そういう気がしてきた。

子供でもトロッコ問題を楽しく学べる施設がある。ああ、別に娘の知識を考えれば、大人向けのトロッコ問題を学ぶ施設でも問題ないのか。

広い世の中、そういう珍しい施設もあるのだろう。私はそう解釈した。

と、ファルファとシャルシャ二人がうなずきあった。

何か落としどころが見つかったか。

「ママ」「母さん」

二人が私のほうを向いた。

「「鉱山《こうざん》遊園地に行きたい！」」

「そんな遊園地あるんだ！」

鉱山なら運搬用トロッコもあるだろうし、トロッコ問題を学べるかは別として、トロッコについては学べそうだ。

「どこにあるか知らないけど、危ない場所でないなら行ってもいいよ」

私は気軽にＯＫした。子供が遊園地に興味を持っていると考えれば、ごく普通のことだ。

◇

後日、鉱山遊園地というところに家族揃《そろ》って向かった。

なにせ遊園地って名乗ってるので、誰《だれ》か一人連れていかないといったことは不公平感がある。

あと、家族全員で行くということにすれば、素直じゃないところがあるサンドラもほぼ強制参加にできる。「動物向けの遊びは興味ないわ」とか言って一人で自宅待機というのは親として絶対避けないといけないからな。

もし「行ったけど、やっぱりつまらなかった。行く必要なかったわ」という感想が返ってきたら、私が謝りでもすればいいだけだ。

そして到着した鉱山遊園地は――まごうかたなき遊園地だった。

ジェットコースターそっくりのものも走っている。

メリーゴーラウンドみたいなものもある。

巨大観覧車もある。

遊園地にありそうな乗り物はだいたいある。

挙句《あげく》、マスコットキャラクターらしき着ぐるみも歩いている。

「魔族の世界の地下に遊園地があるのは知ってたけど、人間の土地にもこんな本格的なのがあったんだ……」

一言で言うと、出来がいいのだ。

場末のショボい、公園をスケールアップしたものというやつじゃなくて、テーマパークと呼べる次元なのだ。

「わーい！　遊園地だー！」

「トロッコ問題を考えるには絶好の場所」

ファルファとシャルシャはどちらもテンションが上がっているようだ。

このスケールなら誰だって気持ちも盛り上がると思う。

「じゃあ、行こうか！」

「まずはここの目玉である長いトロッコに乗りたい」

長いトロッコって、多分ジェットコースター的なトロッコのことだろうな。レールがくるっとアクロバティックに一回転してるのが見える。

と、ファルファがサンドラの手をつかんでいた。

「サンドラさんも一緒に乗ろう？」

「えーっ！　嫌《いや》よ！　何が悲しくてぐるぐる回らないといけないのよ！　断固拒否！」

サンドラが首を横にぶんぶん振った。あの手の乗り物って、やりたがる人と何があろうと拒否しますってっ人に分かれるよね。

これの強制参加はダメだ。なぜなら私も本気で乗りたくない派だから！

私はああいう絶叫系《ぜっきょうけい》は徹底して無理だ。いわゆる「なんでお金を払って怖い思いをしないといけないんだ」って言っちゃう側の人間である。

「サンドラはやめたほうがいいと私も思うな。植物だから何か悪影響があるかもだし」

「そうそう！　きっと植物が乗った場合のテスト走行もしてないでしょ！」

結局、ファルファとシャルシャの二人だけで、「大回転トロッコ」という名前の乗り物（テーマパーク的にはアトラクションと呼ぶべきか）に乗ることになった。

落下防止バーのついたトロッコが高速でレールの上を走って、途中ぐるぐる回転していた。原理はわからないが、落下しないような仕掛けがあるのだろう。

ファルファがこういうのを好きそうなのはなんとなくわかったが、シャルシャも怯《ひる》むことなく楽しんでいる。その時点で母親の私より勇気がある。

（遊園地の施設だから当たり前だが）事故もなく絶叫系アトラクションが動いているし、ちゃんとやっているな。

「ハルカラはああいうのはできるタイプ？」

私は高速で走るトロッコを見ながら言った。

「う～ん、わたしは動物と触れ合ったりできるタイプの遊園地のほうが好きですね」

「ああ、わかる、わかる。観光牧場とか併設してるようなタイプか」

「今住んでるところがそれに近い立地なので、行く意味もなくなってますけど」

「たしかに思いっきり高原に住んでるからな」

この世界でも高原に住んでいる人というのは少数派である。羊の毛を刈るぐらいなら、フラタ村の人のツテを頼ればすぐできる。とれたての牛乳も割とすぐ飲める。

ドラゴン二人は聞くまでもなく、ジェットコースター的なものに興味を持っていない。ドラゴンならもっと高速で飛べるし、アクロバティックな飛行もできるせいだ。

「ロザリーはああいう高速トロッコは乗るほう、嫌なほう？」

「あんまり興味ないですね。あんなのは恐怖としては生ぬるいので」

言葉が重いので、聞いたことを軽く後悔した。

そんな調子で高速トロッコに乗る二人を待っていると、

「あら、高原の魔女さんではないですか」

と声をかけられた。

そこにはドワーフの屈強な護衛数人を従えたタラコスパゲさんがいた。相変わらず、重そうなツインテールが目立つ。

この人はツナマヨピ家という力自慢鉱山《ちからじまんこうざん》を経営する一族の出身で、社長をやっている。

「こんにちは、怪盗の件の時はお騒がせしました。今日は娘がトロッコ問題が気にかかるから、ここに来たいと言いまして」

「なるほど！　普段、鉱山になじみのない方が来てくださっているようであれば、この施設を作って大正解です！　視察に来たかいもありました。あっ、申し遅れました、わたくし、この鉱山遊園地の社長も務めております」

「ああ、この遊園地って力自慢鉱山が作ったものなんですね」

ツナマヨピ家は大金持ちなので、遊園地すら作れたのだろう。

ハルカラが少しうらやましそうな顔をしていた。鉱山経営は上手《うま》く鉱石がどんどん出てくれば、入る金額がものすごいことになるんだと思う。ハルカラ製薬だって博物館が作れたのだから相当だと思うけど、上には上がいる。

「ここは遊園地で遊びながら、鉱山を身近なものと感じていただくための施設なんです」

さすが社長だけあって、遊園地ですら理念を入れて説明してくるな。

そこで、タラコスパゲさんは顔の前で手をぽんと合わせた。

「そうだ、せっかくですし、もしご迷惑でないならご案内させてください。初見の方がどういう反応をするかを知るのは我が社としても有益ですので」

社長直々《じきじき》のご案内か。そこまでいくと恐縮もするけど……。

ちょうど、ファルファとシャルシャの二人も戻ってきた。

私は遊園地の素人《しろうと》だし、詳《くわ》しい人のレクチャーがあったほうが娘たちも楽しめるか。

「それではお言葉に甘えさせてもらおうかな。よろしくお願いいたします」


私たち（大半はファルファとシャルシャ、それと怖くない乗り物ならサンドラ）はアトラクションを順々に紹介してもらった。

まず、最初は回転トロッコ。

要はメリーゴーラウンドみたいな動きをするのだが、乗るのが木馬《もくば》ではなくてトロッコなのだ。

これなら私も乗れる。

続いてコップ型トロッコ。

これはコーヒーカップっぽいトロッコがその場で回転するものだ。サンドラが目を回して、あとで怒っていた。

「何が楽しくて回転してるのよ！　動物にとっても利益《りえき》がないでしょ！」

遊園地はメリットを求めて参加するものじゃないのだが、たしかになんで回転するのかと言われると難しい。

次にボートトロッコ。

池の間みたいなルートをトロッコで進んで、最後に高台から池に降りていく。

ジェットコースター的なものと比べるとたいして怖くないが、これも絶叫系アトラクションに含まれると思う。ていうか、トロッコじゃなくてボートなんじゃないかと思うが、遊園地側は意地でもトロッコと定義して押し通してくるな。

これには私も娘に引っ張られて参加させられたが、この程度でも私にとっては十分に怖かった。事故みたいな感覚はそんなに体験したくないな……。

地獄トロッコはお化け屋敷っぽい空間をトロッコに乗って冒険するアトラクションだ。ロザリーいわく、「偽物しかいませんでした」とのこと。むしろ本物がいなくてよかった。


「ここって、必ずトロッコが絡《から》んでくるんですね」

食事休憩で案内されたレストランで、私は言った。

それはトロッコと呼ぶのかというものまで、トロッコで統一してくる。

「鉱山遊園地ですからね。トロッコの大切さを学んでほしいと思って、こういう仕様になりました」

終始、タラコスパゲさんは落ち着いた物腰だ。人のエスコートにも慣《な》れているっぽい。メニューも全部、タラコスパゲさんが注文してくれているので、それに任せている。

「このレストランも注文した料理は小型トロッコで運ばれてきます」

「そういえば、店の床に細いくぼみがある……」

そのくぼみの上を走行しながら料理がやってきた。走行というか、後ろから店員さんが台を押してきているのだが。

料理はどんなのが来るんだろう。お子様ランチみたいなもの?

木の箱に肉と米が詰まったパエリアみたいな料理だ。お米はサフランライスみたいに黄色い。あれ、この木の箱、車輪がついてるような……。

「トロッコをアレンジしたトロッコランチです」

「トロッコのこだわりがすごい!」

これだけトロッコを目にするなら、シャルシャがトロッコ問題を考えるのに最適と言うのもわからなくはない。

「皆さん、食べながら聞いてください。今から当遊園地のマスコットキャラクターをご紹介しますね」

タラコスパゲさんがぱんぱんと手を叩《たた》く。

着ぐるみがやってきた。これもやけに四角いデザインだな。

「こちらはトロッコ世界の王子様、トロッ君です」

「マスコットキャラクターもトロッコ！　そこは鉱山モチーフなんだし、スコップを持ったモグラとかにしたらよかったのでは……」

「モグラ案は計画当初から出ていたのですが、トロッコにするべきだという自分の意見を通しました」

社長の強権……。

この遊園地もタラコスパゲさんがトロッコ趣味で作っただけかもしれない。

「トロッコではかわいくデザインするのも限界があって、大変だったトロ」とトロッ君がしゃべった。

「あっ、トロッ君、しゃべれるんだ……」

前世ではマスコットキャラクターはしゃべらないケースも多かったが、ここだと気にしないようだ。

「この地域の鉱山で使ってるトロッコの線路規格は一般のものより幅が広いものを使用してるので、より安定しているトロ。脱線事故も少ないトロ」

トロッコ雑学を話してきた！

「鉱山は事故がつきものトロ。より安全な鉱山を目指して努力しているトロ」

いきなり真面目《まじめ》な話になったけど、着ぐるみがしゃべっているので、ギャップがあるな。

「もっともっと多くの人に鉱山について知ってもらうためには、子供でも楽しめるキャラクターを使うのは大切ですからね」

そっか。なんだかんだで鉱山のことを考えてるんだな。

「とはいえ、マスコットキャラクターはモグラのほうがよかったんじゃないですか？」

ハルカラが物おじせず率直に言った。

「いえ、絶対にモグラよりトロッコのほうがよいです」

タラコスパゲさんが断言した。

「トロッ君としてはモグラのキャラのほうがよかったと思ってるトロ」

「ほら、トロッ君もモグラだって言って――――いや、トロッ君もモグラを推奨しちゃうの⁉」

それって自分の存在否定だけど、いいのか。

「モグラのほうが子供人気もきっと出たトロ。トロッ君のぬいぐるみはたいして売れてないトロ」

トロッ君、売り上げまでしゃべるのはやめたほうがいいよ。

「鉱山作業員の中にモグラなんていないでしょう。この遊園地は鉱山について知ってもらうための施設なのだから、トロッコのキャラでよいのです」

社長、トロッコである点だけは譲らない気だな。

「やり手社長って、たいてい変わり者だし頑固なんですよ。周りの意見に流されてるだけなら、普通の規模の会社しか作れませんから」

ハルカラが褒《ほ》めてるか、けなしてるか怪しいことを言った。タラコスパゲさんは自分を頑固だと思ってるようなので、気を悪くしてる様子はなかったが、もう少し言葉を選んでくれ。

なお、食事自体は安定しておいしかった。観光地だからといいかげんな料理を提供しているわけじゃないな。

ファルファとシャルシャも残さず食べている。このまま、遊園地に行ったことがいい思い出になってくれたらいいな。

だが、食べ終えたシャルシャの目にやけに力がこもった。

「シャルシャはいよいよトロッコ問題に挑戦したいと思う」

そっか。ここに来たのはあくまでもトロッコ問題のためだった。

あれって遊園地に来るための口実じゃなかったんだな。

「そうだね。ファルファもついていくよ」

たくさん遊んだので、ここからは難しい議論の時間に入るという意味なんだろうか？　いくらなんでも遊園地に来場者用の会議室があるとは思えないし。

「承りました。それでは、ご案内いたしましょう」

タラコスパゲさんがにこやかに言った。

トロッコだけならたくさんあるから、トロッコ問題の実演でもやるつもりか……？

遊園地の奥に、そのアトラクションはあった。

トロッコ問題
このトロッコが進むのは
右のルート？ 左のルート？
難問に答えて、ゴールを目指せ！

「そういう名前のがあるんかい！」

「二者択一の問題が出ますから、その都度《つど》、右の答えに向かうか、左の答えに向かうか決めてもらいます。間違いの選択肢のルートは行き止まりでゲームオーバーです。出題分野は広いので、いろんな分野の知識が問われますよ」

タラコスパゲさんがわかりやすく説明してくれた。

「なるほど……。これはトロッコ問題と呼ぶにふさわしい……」

「母さん、このトロッコ問題は鉱山遊園地でも最大の人気を誇る。参加すれば、誰でもそれなりに楽しめるほかのアトラクションと違い、正真正銘の実力が問われる」

シャルシャが、ぎゅっと右手を握り締める。

「ファルファもシャルシャのために予想問題を作ってあげてたりしたんだよ～。ファルファもゲームクリアを見たいしね♪」

まさに姉妹で二人三脚でやってきたということか。

「だったら、思いっきり挑戦してきたらいいよ。もし一回目がダメでも二回目、三回目とやればいいし」

アトラクションなら何度遊んだっていいからね。その間に傾向がわかってきたりもする。

「ママ、それは少し難しいんだよね」

ファルファがトロッコ問題の横側を指差す。

そこには終わりが見えない、長い列が続いていた。何十分待ちという札を持っているスタッフもところどころに見かける。

「うわ！　これは一回やるだけでも大仕事だな！」

最後尾なら何時間待たされることか。おそらく閉園までに二回目を遊ぶことはできないだろう。

「あまり遊園地に興味がない層でも来たくなるアトラクションを用意するというコンセプトで作ったところ、ぶっちぎりの人気一位になってしまいました。全国からクイズには一家言《いっかげん》ある方々が参加されています」

タラコスパゲさんも鼻高々《はなたかだか》といった様子だ。これだけ人が来てくれれば、誰だって自慢したくなる。

「一度の挑戦だけで大幅に時間がかかる。なので、ほかのところを先に遊んでおいて、満を持して列に並ぶ計画を立てた」

シャルシャは気になるアトラクションを無邪気《むじゃき》に遊んだわけじゃなくて、計画的に行動していたのか。

「そして、ついに列に並ぶ。並んでいる間は姉さんが用意してくれた予想問題集を徹底して解きまくる所存」

発想が受験当日の学生だな。

そこまで気合が入ってるならぜひともゲームクリアを目指してほしい。

「いいお話です。この遊園地を作ってよかったと心底思いました」

タラコスパゲさんもうれしそうだ。遊園地を作る側に回ったことはないけど、これだけ熱意のある子供を見たら気持ちはいいだろう。

「ですので、特別にこれを進呈いたしましょう。どうぞ」

タラコスパゲさんが何かカードらしきものをシャルシャに渡した。

シャルシャがそのカードらしきものを高々と掲《かか》げた。

「これは特別入場パス！　一般列に並ばずにすいている専用列に並ぶことが可能！」

そういうの、日本のテーマパークでもあったな！

「その特別入場パスは七回以上、遊園地を訪れた方にしか発券しないのですが、こちらの調査にお手伝いいただいた報酬ということで」

にっこりとタラコスパゲさんが微笑《ほほえ》む。

「ありがたい。必ず、トロッコ問題のゲームクリアを目指す！」

「タラコスパゲさん、ありがとう！　ファルファたち、全問正解できたって報告しに行くからね！」

娘二人も燃えている。ここは遊園地なわけだし、このままとことん楽しめばいい。

「それでは、我々はこのあたりで失礼いたします。どうかよい思い出を作ってくださいね」

タラコスパゲさんと護衛の一行はそこで去っていった。

トロッコへのこだわりが強すぎるけど、いい人だった。

さあ、娘たちでトロッコ問題に挑戦してくれ——と思っていたのだが、なぜか私の腕をファルファが引っ張った。

「ママも参加して！」

「えっ？　参加するって言っても、私は役に立たないよ……」

魔女が作る薬に関する問題なんて出題されないだろう。

「五人まで一度に乗れるから大丈夫《だいじょうぶ》だよ！」

ファルファが言うように、五人まで参加していいなら、私の存在が迷惑になるわけではないのか。

シャルシャはサンドラの手を引っ張っていた。サンドラはこのアトラクションに何の興味も示してなかったが、こちらも参加させられるようだ。

じゃあ、親として娘の勇姿を見届けるか。


こうして私たち四人はトロッコ問題のトロッコに乗った。

このトロッコは動き出すとすぐに洞窟《どうくつ》に入っていく。鉱山遊園地というぐらいだから、鉱山用の洞窟はたくさんあったのだと思う。

しかし、四人乗りのトロッコの隅にもう一人乗っていた。遊園地のスタッフは見えてなかっただろうけど。

「なんでこんなところにいるわけ？」

そこには運命の神であるカーフェンが立っていた。

「ほら、トロッコ問題って名前は運命の神である僕に近しいものがあると感じてね。定員に空きがあるトロッコに乗って、人々の決断を見ているのさ」

「微妙に悪趣味だな……」

神がすることだから好きにすればいいとは思うが。

「さあ、最初の問題が表示されるから、前を向いてるほうがいいよ。選択時間は各問十五秒で、どちらも選択しなかったら正面の岩にぶつかって自動的にゲームオーバーだからね」

何度も参加してるだけあって詳しい。

薄暗い坑道に問題が表示される。魔法で文字を出しているのだと思う。

最初の問題はこんなものだった。

ニューメリック州の州都は？

左　マルケー
右　パルエ

たしかに一問目っぽい問題だ。

ファルファとシャルシャはすぐにトロッコ正面のレバーを左に動かす。

これで左に進むか右に進むか決めるのだ。

やがて分岐が現れたところでトロッコは左に動く。しばらくして「正解」という文字が表示された。

まず第一問をクリア。

ガーゼル堅実侯《けんじつこう》が言ったとされる格言はどっち？

左　よそはよそ。うちはうち。
右　穴の空いた靴下《くつした》も、雨に濡《ぬ》れた靴下よりはマシ。

これって格言なのか？

またもファルファとシャルシャは迷いなく、右にレバーを動かす。

これも「正解」という文字が出た。序盤は順調にクリアできている。

以降も、娘は問題を着実に解いていった。いきなり暗算で解かないといけない計算問題が出たりしてびっくりしたが、これもファルファがあっさり答えを出した。

「ゲームクリアも夢じゃないんじゃない？」

もう十問以上クリアしてると思うし。やはり娘は賢いな。私が教育ママになって指導したわけでもなく、二人とも元々賢かっただけだが、それでも誇らしい。

「ふっ。甘いな。運命というものは追い風もあれば向かい風もあるのさ。そして油断した時が一番足下をすくわれる」

「勝手に乗っておいて、不吉なことを言わないでよ。まっ、ファルファもシャルシャも聞いてないだろうけど」

「君にしか見えないようにしているから心配しないでいいよ。直接干渉すると、それは運命の神じゃなくなるからね」

そこはわきまえているんだな。ファルファとシャルシャの邪魔《じゃま》にならないならよいのだ。すでに私ではわからない問題ばかりになってるし。


王都の路線馬車環状7号線の時刻表が先に掲載されているのはどっち？

左　左回り

右　右回り

うわ！　こんなの、王都に住んでいても即答できないぞ。

「完全に運に頼るしかない問題を出してきたわね。このあたりでふるい落とそうとしているわ」

サンドラが腕組みしながら言った。

ファルファとシャルシャ以外は問題については蚊帳《かや》の外なので、後ろでギャラリーを構成することになる。

「ここまで来たら二人の運が試されるね。大丈夫。ある意味、何も知らなくても半分の確率で正解するんだし」

二人は普段の行いがいいから、どうにかなる！

シャルシャは首をかしげつつ、右にレバーを倒した。

おそらく確証はないんだろうが、右ルートが正解だと賭《か》けたわけだ。それでいいと思う。

しかし、ファルファはレバーを中央にまで戻した。

「姉さん、左回りが正解と思うなら、それでもいい。だが、中央に戻すだけなのは無責任！」

シャルシャが非難の声を上げた。極限状況なので、いつもよりシャルシャの気もたかぶっている。

「違うよ。この問題は右でも左でもないと思ったから、中央にしたんだ」

ファルファの言葉に後ろの私は混乱した。どっちも選ばなければ失格になるんじゃ……。

「ほほう」とカーフェンが意味ありげに笑ったが、何の意味もない可能性も高いので、ノイズだと考えたほうがいい。

「王都にあるのは環状6号線までじゃなかったかな？　ファルファは7号線っていうのがひっかけだと思う。このまま選ばないのが妥当な選択だよ」

「姉さん、このゲームは右か左かどちらかを制限時間以内に選ぶもの。仮に設問に矛盾があったとしても、ゲーム内の正解は右か左かどちらにかにあるはず！」

二人の意見、どちらも納得できる点がある。

たしかに問題が間違ってるのだから、判断を下さないのがいいという意見はわかる。

一方、二者択一のどちらかが正解というルールのゲームなんだから、問題に瑕疵《かし》があっても、どちらかを選ぶべきだという意見も理解できる。

これはどうするべきなんだ？

いや、アトラクションを作った側の意図がわからない以上、どちらの意見を選ぶべきかなんて判断のしようがない。

なら、両者の意見は等価だ。

あとはどちらを信じ抜くか、というだけの問題。

信念の問題だと言ってもいい。

「おやおや、まさに運命の選択らしくなってきたね」

カーフェンがものすごく楽しそうだ。さてはこういう悪問が出た時の反応を見るのが目的だな。

「どうするのよ。制限時間はもうないわよ！」

サンドラが叫《さけ》んだ。

トロッコはもうすぐ切り替えポイントに迫っている。

そんな中、二人はまだ顔を近づけて、お互いの意見をぶつけている状況だ。

そこでシャルシャがふっと表情をゆるめた。

「シャルシャはこのまま行くことを選ぶ。問題作成者のミスを前提にするのはフェアではない。右も左も正解でないと考えられる以上、どちらも選ばないのが正しい選択！」

「ありがとう、シャルシャ！　トロッコ、行けー！」

二人はトロッコの前に迫っていた切り替えポイントを見つめた。

その先にレールはないけど脱線したりしないよね……？

突如、切り替えポイントがぱたんと地面に潜って――代わりに正面へ進むレールが現れた。

どちらも選ばないままでいれば、新しいルートができるという仕掛けか！

そして、トロッコは中央のルートを疾走し、「正解」の文字が表示された。

「やったー！」「信念の先に道はあった」

ファルファとシャルシャはハイタッチをする。

間違いなくこれまでで最大の難問を乗り越えた！

「見事だったよ。悩んだ挙句に最高の答えを出したね」

小さく拍手をすると、カーフェンはぱっと姿を消した。

見学の時間はこれで終わったということか。ということはクイズも終わりかなと思ったら、そのとおりだった。

トロッコは再び地上に出てきた。

「おめでとうございます！　見事、トロッコ問題をクリアされましたね！」

待ち構えていたスタッフが威勢のいい声で讃《たた》えてくれた。近くにいたお客さんたちも拍手をしてくれる。

私たちは全員、スタッフからゲームクリア記念の冠を載せられた。いわゆる月桂冠《げっけいかん》みたいなものだ。

「よかったね！　大正解！　よく、あの難問を解けたね！」

完全に漁夫《ぎょふ》の利《り》で得た冠をかぶりながら私は言った。

「もちろん、うれしくはある。だが、最後は姉さんに助けられた。シャルシャはまだまだ詰めが甘い。もっと鍛《きた》えなければと思う」

向上心の強いシャルシャは素直に喜びきれないところもあるようだ。

「そんなことないよ。最後にどっちも選ばないって決めたのはシャルシャなんだから」

「ママの言うとおりだよ！　それにこのゲームはみんなでクリアを目指すものだしね。ほかの誰かの協力があるのはおかしくないよ」

ファルファも私の援護に回ってくれた。

シャルシャはうんうんとうなずいて答えた。目は涙ぐんでいる。ゲームクリアが本当にうれしかったのだ。

「それにね、ファルファ、いける気がしたんだよね」

にっこにこのファルファが言った。


「あのトロッコには運命の神様が乗ってる気がしたから！」


うん、事実、乗ってはいたんだけど。

私は乾いた笑みを浮かべた。

あの運命の神は本当に何もしてなかったよ。


帰り、遊園地を出るゲートの手前にお土産《みやげ》物コーナーがあったので、みんなで入った。このあたりもそつがない。

ハルカラはハルカラ製薬で働いてる人に配るとかでクッキーを買っていた。逆に言えば、私は買

うあてもない。家族総出で来てるわけだしな。

「私、これがいいわ」

サンドラが何か決めたらしく、私のほうに持ってきた。

それはトロッ君ぬいぐるみだった。トロッ君本人があまり売れてないと言ってたぐらいで、ぬいぐるみサイズでもやっぱりかわいくない。

「そんなの、いる？　正直言って、もっとかわいいぬいぐるみ、いろいろあると思うよ……」

「かわいくはないわね。でも、このとぼけた顔を見ていると癒《いや》されるのよ」

子供って「なんでそれを？」ってものに興味を示したりするんだよな。

トロッ君のぬいぐるみは、そこそこいい値段がしました。

終わり

illust. 紅緒
Morita Kisetsu
森田季節
The white journey of a margrave
辺境伯の真っ白旅
スライム倒して300年、
知らないうちにレベルMAXになってました
—スピンオフ—

スライムの集まる島

The white journey of a margrave

寂《さび》しいとしか言いようのない何もない山。

そして、そんな山にぽつんと建っている工房。

ここに来たのは本当に久しぶりだ。なにせ目的が存在しないのだから。師匠から魔法を学んだものの使う場所が違いすぎるので、一緒に仕事をすることもなければ、偶然に出会うこともない。接点がないまま、時間が過ぎてしまった。

シロクマ大公を連れてきたほうがよかったかな。ダメだ。あの子が食べられるものがここにはない。

ワタシはドアをノックする。

客人は極めて貴重だから、この前にノックしたのもワタシかもしれない。

しばらくすると、ブロンド髪の魔法使いがドアを開けてくれた。

「あらら。シローナさん、いったい何の用ですか?」

マースラ師匠は会うなり、心底不思議《ふしぎ》な顔になる。弟子《でし》なんだから来たっていいじゃないかと思うが、ワタシも来る目的はないと考えていたのだから、お互い様だ。

「弟子が師匠のところを訪ねてもいいでしょう?」

「どうぞいつでも来てくださっていいんですが、シローナさんは技術を覚えれば二度とここには来ないような性格の人だと思っていたので」

「口が悪いですよ！　普通、そこまで言いますか⁉　実際、独立してから何も縁がないから、ここに戻ることもないままでしたよ。それで、まったく師匠に顔を合わさないのも薄情かなと思って、こうやって空いた時間に一人でやってきたというのに……」

こうも大事にされないのなら、来なくてよかったかな……。

しかし、師匠は気にせず、手招きしてきた。じゃあ、入ってあげなくもない。ここで背を向けたら大人げないし。

「師弟ともども同類ですね。こちらもどうせ立派にやってるだろうし、会いに行くまでもないと思っていました」

「思っていても、あまりはっきり師匠の口から聞きたくないですね」

「ドライな人間関係というのも一つの形ですよ。さあさあ、ゆっくり休んでください。椅子《いす》もありますよ」

「椅子があるのは当たり前です」

「お茶はありません。食べるものもないので、ご自身で調達してください」

「そう言われると思って、水ぐらいは用意しています」

師匠は何も食べないので、食に関するものを一切《いっさい》持ってないのだ。修行する時は苦労した。山中で生活基盤を作るために、里と工房を何往復したことか……。

師匠は（少なくとも以前いた時は）一脚《いっきゃく》しかない椅子をワタシのほうに出した。

「さあさあ、どうぞ座ってください」

「師匠、ほかに椅子はありますか?」

「ないですよ。客人なんて来ないと思ってますから」

「だったら、座れませんよ。師匠が座ってください」

ワタシは壁にもたれかかった。

やっぱり、顔を出したりするべきじゃなかったかな……。

◇

「――そんな感じで、冒険者としては軌道に乗っていると思いますよ。これ以上欲を言えば罰が当たりそうなぐらいには成功してます。辺境《へんきょう》の地とはいえ、大きな屋敷にも住めてますし」

ワタシは独り立ちしてからの話をダイジェストでやった。別に武勇伝を語ろうとしていたわけではない。単純に師匠のほうが何も話を提供しないのだ。「工房にこもって、研究をしていました」だけでは話が続かない。

師匠は名声というものに一切の興味がない。だから、ほぼ誰《だれ》にも知られずにこの地で結界で隠された工房に住んでいる。やっているのも、やけに専門的な魔法の研究だ。

しょうがないのでワタシが自分の話をしているというわけだ。

師匠が弟子の活躍を聞きたがっているのかは甚《はなは》だ疑問ではあるが。興味があるなら、一度や二度コンタクトを取ろうとしてきていただろう。

壁にもたれたままでいるのも疲れてきたので、途中から床に座った。椅子が一脚しかない家に礼節も何もない。

師匠が何も食べないせいか、床はやけにきれいなので、抵抗は少ない。洞窟《どうくつ》の石に腰かけるのと比べれば、ずっと衛生的だ。

師匠は頬杖《ほおづえ》をつきながら、ワタシの話を聞いていた。

「そうですか。よろしい、よろしい。素晴《すば》らしいです」

「本当にそう思ってますか？　それにしては反応が淡泊なんですが」

「だって、ずっと工房にこもってるんですから、冒険者業界のことなんてわかりませんよ。変動の激しい業界に地歩《ちほ》を置いているんだから、たいしたものですよ」

言葉の上では褒《ほ》められているが、素直に喜べない。

なんだろう、師匠に心から褒めてもらえないと、こんなに消化不良な気持ちになるものなのか。悪くはないが、よかったとも思えない味のレストランの感じに近い。働いてる環境が違うから、師匠が一般論で褒めるのはしょうがないことなのだが。

とはいえ師匠はワタシの話を聞くことは嫌《いや》ではないらしく、たまに相槌《あいづち》を入れながら、いろんなことを聞き出した。

翌日にはどうせ忘れてるんじゃないかという気もするが、どうせ共通の話題はないのだし、ワタシも自分語りを続ける。

そんな師匠もたまに質問もする。

その質問はいつも決まっていて、「それはどこに行った時のことですか？」とか「それは何州ですか？」とか、土地に関することばかりだった。

知ってどうするのかわからないが、なぜか土地を聞きたがる。

魔法の知識で言えば、ワタシは師匠の足下にも及ばない。なので、その時使った魔法が何かとか、そんな質問を師匠がすることはない。それはそうなのだが、土地にばかり質問が来る理由にはならない。

「旅をしたいんですか？」

わざと場所を言わずに洞窟の話をしたら、案の定、どこかと聞かれたので、質問に質問で返した。

「だったら出かければいいのに。どうせほぼ年中、この工房にいるんでしょう？」

「ですね。ここにこもっているのが一番落ち着くんですよ。魔法使いというものは、拠点を持つと根を生やしたように動かないんだそうです」

それ自体は変なことではない。ワタシも冒険者の魔法使いは何人か知っているが、ダンジョン攻略の時以外は出歩かない者も多い。

冒険者の魔法使いすらインドア派が多いのだから、純正の魔法使いはいよいよだ。

「でも、そんなに外のことを知りたがるなら、直接行ったほうがいいです。留守にしてたって、どうせ客だって来ないですよ。自分のやりたいことはもっとやるべきだと思いますけど」

おせっかいだとは自覚しているが、だんだんイライラしてきたのだ。

何も制約がないのに、やりたいことをしないのは矛盾している。見ていて、楽しいものではない。

しかも、この人は魔法に関しては大物なのだ。もっと評価されてもいいのに、本人が外に出ないので有名になることもない。有名になりたくないからこもってる節もあるのだろうが、歯がゆくは感じる。

「たまには外に出ましょう。力があるのに使わないのは消極的な悪です」

「うわあ。そこまで言われてしまいますか」

師匠は苦笑しながら頭をかいた。

ワタシも出すぎた真似《まね》をしたかと顔が赤くなるのを感じた。

「すみません、言葉が強すぎました」

「いえいえ。こんなこもりっきりの師匠のことを考えてくださってうれしいですよ。それに一歩も外に出ないわけではないんです。土地のことをあれこれ聞いたのも、次の会合の場所をどこにするかの参考にしたかったからなんですよ」

師匠は立ち上がって、う～んと腕を伸ばした。立ち上がったことすら、珍しく感じた。ワタシが来ていなければ、一日中、椅子に座っていた可能性も高い。

「会合？　魔法使い同士の会合でもあるんでしょうか？」

同じ職業の者が会合を開くのはよくあることだ。自分が生まれてから開かれたことはないのでよく知らないが、精霊同士の会合すらあるらしい。なら、魔法使いの会合だってあるだろう。

なお、ワタシは魔法使いでもあるが、冒険者なので魔法の研究を専門にする魔法使いの業界はよく知らない。

「会合ではあるんですが、魔法使いではないですね」

「だったら、どんな会合があるんですか？　まさか州出身者の集まりなんてあっても顔を出さないでしょう？　しかも場所を決めるとか、師匠が幹事めいたことをやるなんて想像もつきません」

師匠の人脈はよくわからないが、広いとは思えない。

「スライムの会合があるんですよ」

「それ、事実ですか？　おちょくってませんよね⁉」

脆弱《ぜいじゃく》なスライムが集まっても何もできないと思うが。それにスライムが一箇所に集まったら目立ちそうだが、そんな話はまったく聞いたことがない。

「それはスライムでない方に教える意味もありませんしね。よかったらシローナさんもいらっしゃいますか？　スライムの精霊がスライムに入るか怪しいですが、会合があるとワタシが話してしまっていますしね。参加してくださってもよいですよ」

「そうですか。でしたら、お姉様たちにもぜひ伝えます！」

「それ、高原の家にお住いのファルファちゃんとシャルシャちゃんのことですよね。申し訳ないですが、却下です。二人だけが理由も告げずに行くことはできないでしょう？　話が広がります。スライムの会合は他言無用なのです」

師匠は人差し指を口に当てた。

ワタシが会則を破ると師匠まで出入り禁止になりかねない。それはよくない。

「わかりました。お姉様方に伝えることも控えます」

「ご理解ありがとうございます。シローナさんがほかの方に漏《も》らした場合は、一年間はこの工房に出入り禁止としますので、ご注意ください」

「禁止されなくても一年に一回も来ないと思いますが、罰則があることは肝《きも》に銘じておきますよ」

「はい、他言無用でお願いします。シローナさんをお連れするのも、スライムの精霊だからというより、ワタシの弟子だからという面が大きいので。弟子なら師匠の言いつけは守ってくれるでしょう？」

言いたいことはわかる。師匠に背《そむ》かない弟子からは話が拡散することはない。

それにしても、他言無用の会合か。

何か表沙汰《おもてざた》になるとまずいことでも話し合っているんだろうか。

一度、中身を確かめたほうがよさそうではあるな。

「それでは日程になりましたら、ここの海岸に来てください」

師匠は地名を書いた紙を渡してきた。聞いたこともないような地名だ。綴《つづ》りからして、南方の地名だ。オリーブの名産地に似た地名があった気がする。

「師匠、すっぽかしたら絶対に許しませんよ。場合によっては逆破門です」

そんな概念があるのかわからないが、強く言っておかないと師匠は本当にすっぽかすおそれがある。悪意がなくても、忘れているということもありうる。

「そこはご心配なく。契約行為をあまりしないだけで、契約を破ったことはないです」

たしかに、誰かと約束をする師匠の姿は思い浮かべることもできなかった。

ワタシも立ち上がる。

「しゃべり続けて、疲れてきました。魔法でお湯を出して、お風呂《ふろ》にでも入ります。湯船は残っていますよね？」

正体がスライムである師匠はお風呂にも入らない。湯船もワタシが修行をしていた時に、木をくりぬいて自作したものである。

「ありますけど、本を入れる箱として使っているので出さないといけません」

「……本の配置を変えて文句《もんく》を言わないなら、ワタシが全部出しますけど、大丈夫《だいじょうぶ》ですか？」

よくこんな居心地の悪い空間で修行ができていたなと我ながら感心した。

◇

後日、言われた日にワタシは一人で南方の海岸に来た。

大きな漁港とは言えず、数隻の小船が係留《けいりゅう》されているぐらいだ。しかし気候のせいか、わびしい気持ちにはならない。港の後ろの小高い森はワタシが住んでいる土地とは違う木が群生している。

ワタシは小さなカバンから『冒険者必携《ひっけい》』を出す。毎年発行されていて、冒険者が知っていると便利なデータが簡便にまとめられている。まともな冒険者ならたいてい持っている。

植物のページを開く。どうやらカシやヤマモモの木らしい。

南国の気候とまでは言えないが、温暖なことには違いないようだ。

一方、スライムの会合を行うという割には、スライムが多いなんてことはない。一匹、猫にパンチされているのを見たぐらいだった。

細かい待ち合わせ場所は紙にも書いてなかったので、師匠はどこなのかとイライラしはじめたら、海岸に師匠がぽつんと突っ立っているのが見えた。

「お疲れさまです。それで会合とやらはどこでやるんですか？」

「このボートに乗ってください。沖に出ます。沖合に島がありますので、そこでやります」

そういえば、遠くに島の影が見える。

「オールもついてないですけど、どうするんですか？」

「魔法で動かすのでいりません」

師匠の計画については信用してないが、魔法に関しては全幅の信頼を置いている。おかしなことにはならないだろう。

師匠とワタシが乗ったボートは逃げ出すような速度で沖へと駆けた。


やがて、ワタシたちは小さな島に到着した。ぽつぽつとヤシの木が目につく。

特徴があるとすれば、ほとんど起伏がないということか。たいていの島は岩山みたいなものの一つや二つはあって、デコボコしているイメージがある。つまり山が海から突き出たような構造をしている。でないと、陸地が島として海の外に出られないからだ。

だが、この島はほぼ平らに近い。なので、ヤシが生えてない場所など、島の奥に海が見えたりする。

そんな島にはすでにボートが一つ係留されていて、先客がいた。

「あっ、どうも、どうも～」

声をかけてきたのは、たしか武道家スライムのブッスラーという人だ。その下にはスライムが四匹寄り添うようにひっついている。

「この島は気持ちいいですけど、日差しがきつすぎますね。でも、気温はそこまで高くないのでよかったです」

「ですね。工房と比べると暑いです。ブッスラーさんは近頃《ちかごろ》はどうされてます？」

「道場がそれなりに上手《うま》く回っています。しかし、これまでのモチベーションとは違う発想が必要なんで大変ですね。長期的に経営するにはどうしたらいいかって考えなきゃなので」

師匠とブッスラーさんが話し合っているのを見て、ワタシはスライムの会合がどういうものか少しわかった気がした。

これはスライムといっても、人の姿をとれたりする特別なスライムの集まりだ。

ならば、他言無用の話をしていてもおかしくない。

そこに、黒ずんだスライムが出てきた。

「あっ、賢スラも出てきたんですね。皆さん、ご存じかもですけど、賢者スライムの賢スラです」

師匠が本人の代わりに紹介した。

……人の姿をとれないスライムもいるな。

どちらにしろ、賢スラさんまでいるのだから、何か特別な話し合いが行われてもおかしくない。

注意深く、内容を見守ったほうがいいな。

どこかに報告すると、師匠の言いつけを破ることになってしまうが、よくない計画を話していた場合は、冒険者として通報することを選ぶ。

それに悪の道に走る師匠を止めるのも弟子の役目だろう。

……恐ろしい計画を話す会合なら、弟子を呼ばない気もするが。

と、ブッスラーさんの足下にいたスライムたちがワタシのほうに寄ってきた。

もしや、部外者だと感知したりしたか？

「おっ、『月謝不要』たちがなついてますね」

「これ、なつかれてるんですか……」

ついつい踏んでしまいそうだから怖い。

「シローナさんでしたっけ、よかったですね」

「え？　あ、はい」

とくによいこともないけど、否定するのも失礼な気がして、同意しておいた。

今のところ、とんでもなくゆるいけど、本当に他言無用の要素があるんだろうか？

だんだんと自信がなくなってきた。


そのあと、ボートが数隻到着した。

乗っているのはぱっと見、人の姿をした存在だが、みんなスライムであるらしい。

人の姿で暮らしているスライムって最低でも数人はいるのか。ワタシもなりゆき上、師匠と一緒にあいさつをした。

何もない島だと思っていたが、テーブルと椅子ぐらいはあり（椅子がそこそこある時点で、工房より行き届いている）、参加者はそこで雑談をはじめた。

「いやあ、いい土が取れなくなってきて、大変です」

「新しい運動器具、どういうのがいいですかね」

「最近、劇場ですべりっぱなしですわ。すべり芸で笑われる芸人だと認知されそうで、それは意味が違うんだよなと焦《あせ》ってます」

ぴょんぴょんぴょん！

※賢スラさんがジャンプしている音

「今使ってる魔法、もうちょっと効率よくできないかって思ってるんですけど、難しいですね」（これは師匠の言葉）

自分がスライムの精霊という、いわば部外者なので、傍観者に徹したというのもあるが、それにしても言わせてほしい。

びっくりするほど、話が嚙《か》み合《あ》っていない。

みんな、言いたいことを勝手に言っているだけで聞いているのかすら怪しい。

当然、建設的な話にすらならない。会合として成立してないだろう。

やはり、ただの雑談なのか？

そういえば、お姉様たちが世界精霊会議もあくまで雑談するための場であって、はっきりした議題はないと言っていた。スライムの会合も似たようなものじゃないのか？

悪のスライムがどこから発生するかだとか、そんな機密みたいなことを話す雰囲気はまったくない。

ワタシは師匠が話を止《や》めた時に声をかけた。

「こんな内容なら、人に話しても問題ないのではないですか？」

逆に、ここまでしょうもない中身なら、お姉様たちを呼ばなくて正解だったとは思うが。

「いえ。会合の口外は厳禁です。人間にも魔族にも知られてはいけないんです」

はっきりと師匠はそう断言する。その割に表情はゆるいのだが、ふざけている様子はない。師匠はゆるい表情のまま、厳しい修行を課してくる人だからだ。

賢スラさんが床に敷いた文字盤の上を跳ねた。

文字盤上の動きは「現時点ではスライムでない者には知られないほうがいいことと考えている」と読めた。

賢者が言うなら疑う必要はないということになる。

だが、どこに知られるとまずい部分があるのか、見当もつかない。

一応聞くだけ聞いてみたが、師匠は「話すことはできませんね」と涼しい顔で言う。

ほかの参加者も似た反応だ。話してはいけないと会則で決まっているらしい。

自動的にワタシは軽く仲間はずれだ。あまり気持ちのいいものではない。ただでさえ、ワタシが冒険者の仕事についてしゃべっても、誰も聞いていないのに。

もっとも、話を聞いてもらえないのは参加者共通ではあるが。賢スラさんはずっと文字盤の上を跳ねているが、誰も文字盤を見ていないから何について語っているか想像もつかない。

「退屈なようですね」

師匠がワタシに声をかけた。弟子のことを見ている余裕程度はあったらしい。

「スライムではなくて、スライムの精霊ですからね。少なくとも会合の秘密も知らないワタシに会員の資格はないようです」

「では、なぜ会合を知られてはいけないのか、見つけてきたらどうですか？　ここに座ってないといけない決まりなんてありませんからね」

師匠はワタシにそんな提案をした。それ自体は悪いものではない。

「自力で秘密を見つけたのなら、それを忘れろだなんて言いません」

これは師匠から弟子への挑戦状もいいところだ。

「そう来ましたか。ならば、あとで皆さんに成果を披露するとしますよ」

気の長いほうではないワタシは立ち上がって、テーブルから離れていった。

心行くまで調べてみようじゃないか。


ワタシはまず島をぐるっと一周してみた。

大きな島なら、歩いているうちに日が暮れてしまうところだが、向かい側の海が見える場所すらあるような小さい島だ。

それに岩がむきだしになった場所もなく、一周すべてが砂浜なのだ。ゆっくり歩いたのに十五分で一周できてしまった。

その砂浜もスライムが多いということすらなく、ありふれたものだ。スライムの会合に選ばれるべき特徴というものも見えない。

続いて島の内側を歩く。

やけに木が少ない。ヤシの木がわずかに生えているものの、生え方はまばらだ。そのほかは栄養がなくても生える草程度しか目につかない。

「草木が育つのに不利なやせた土壌ということですね。でも、そんな島ならいくらでもあるような」

人が長く生活していた痕跡はない。無人島だったようだ。

答えが出ないので、今度は参加者を一人ずつ確認することにした。

テーブルのほうでは、相変わらずお互い聞いてなさそうな話をしていた。

全員を知っているわけではないが、マースラ師匠やブッスラーさんは確実にスライムが出自のはずだし、賢スラさんにいたってはスライムの姿のままだ。ほかの人もスライムだと言っていた。

実は一人だけ人間が混じっていて、それが秘密とでも言うのか。それだと島を探してみればいいという師匠の言葉は反則になる。

まさか、罪人が参加者の中に混じっているとか？

それなら、他言無用というのも説明がつく。しかし、それだって確認のしようが――――ワタシならあるのか。

ワタシはギルド発行の冊子を出す。指名手配犯の一覧だ。実績のある冒険者ならお尋ね者の確認をできるように携帯している。

似顔絵を順番にチェックしてみたが、似た顔は含まれてない。

食い逃げとか軽犯罪の似顔絵まで載ってないが、それもないだろう。ていうか、スライムなのでそのへんのホコリでも生きていけるし。

やはり、参加者の側に関係する秘密ではない。

師匠が探してこいと言ったぐらいだし、秘密は島の側だ。

実はこの島に海賊の財宝でも隠されているのか？

そう思って、再度島を歩いて回ったが、めぼしいものは発見できなかった。

「こんなに見晴らしのいい島に財宝は隠さないですよね。島に隠すとしても、洞窟の一つでもあるところにするでしょうし」

ワタシは足下の土を手に取ってみた。

ぱさぱさしていて、栄養の乏《とぼ》しいものだ。

「木が茂ってないし、土の層も浅いんでしょうね。ということは、深く掘り進むのにも向いてません。宝を隠すにはますます向いていない」

本当に、どこに隠さないといけないことがあるのか。

会話の内容も、政治への不満ですらないので、反乱計画を考えてるなんてこともない。

まだ答えは出ない。首をかしげながら歩いていると――

体がぐらっと揺れた。

立ちくらみ？　いや、体調は悪くない。冒険者として体調管理は万全にしている。

ならば、地震？　揺れ方が違う気がする。

その時、自分の頭に雷が走った。

これまでよりはるかに可能性の高い仮説が浮かんだ。

そして、その仮説が正しいとするなら、この島の存在が知られてはいけない理由もわかる。

もっと確実な証拠はないか？　各地を歩き回っている冒険者のワタシなら気づけるものがあるはず！

ワタシは『冒険者必携』を出す。

その中の植物に関するページを開く。

この地域の植生について確認する。簡単な調べ物でも自分の仮説は補強できた。

「やっぱり、この島はおかしいですね。存在として奇妙すぎる」

少しワタシは冷静さを欠いていた。植物から類推するなんて必要はないのだ。『冒険者必携』の地理に関するページを開く。地理がわかっていなければ冒険者はできないので、地図は充実している。

船出した場所と方向から、自分がいる場所に当たりをつける。

「こんなところに、島は存在していない！」

◇

ワタシは雑談を続けている参加者たちのところに戻った。

「この会合を知られてはいけない理由、わかりましたよ！」

師匠が「おお、たどり着きましたか」とあんまり力の入ってない声を上げた。そこはもっと驚いてくれてもいいのだが。

賢スラさんが文字ボードの上をジャンプして、「では、聞かせてもらえますか？」という文章を示した。

「ええ。お話ししましょう。ワタシが島を歩いていた時、変な揺れを感じたんです。しかし、地震とは違うものでした。どっちかというと、船が揺れるようなものでした。この島は浮き島なんです」

賢スラさんが「よくわかりましたね」と文を作った。

正解だったようだ。

「ワタシはその証拠を集めることにしました。まず、植生です。この土地は南方なので、最初はヤシが生えることもあると思っていました。ですが、ヤシが生えるのは、もっともっと南方の地域です。ここで育つのはせいぜいがオリーブで、ヤシは生えません」

島に渡る前に港近くの森を見たが、ヤシや南国を示す植物はなかった。『冒険者必携』でヤシの生える地域としている箇所ともかけ離れている。

「なら、このヤシはどう説明するのか？　島がはるか南から会合のために移動してきたということです！」

賢スラさんが「すごいです」と文を作る。賢者に褒められるのは、気持ちがいい。

「きわめつけは地図です。この海にこんな島はありません。師匠がボートに使ったような魔法で、この島を動かして持ってきたんでしょう」

ワタシは視線を師匠に向ける。

「そうです。この島はほかの場所から来たものです」

ぱちぱちと師匠が拍手をする。

「では、スライムの会合が他言無用なのは、『浮き島を使ってるから』ということでよろしいですか？」

そう言ってくるということは、それだけが理由ではないということだ。

ワタシはゆっくりと首を横に振る。

抜かりはない。

島を動かしてることが知られたら問題はあるだろう。でも、最初から島のある場所で会合を開いてもいいはずだ。

つまり、島を動かすことに何らかの意味がある。

そこも私はしっかり答えを出している。

「この島は、小さな島です。しかし、自在に海を動いて、好きな陸地に接岸できる島というのは——動く戦艦、否、もはや動く城です」

これですべての説明がつく。ワタシはそう確信した。

「動く城なんてものがあれば、それは紛《まご》うかたなき軍事力！　スライムたちがとんでもない軍事力を持ってますなんてことは表沙汰にはできませんから、皆さんは情報の拡散を避けようとしているのです」

誰も何も言わない。反論する隙もないはずだ。

「もちろん、今のところ、どこかに攻め込む予定など一切ありません。だから、会合と言っても世間話をしてるだけなんです。しかし、いざという時、移動する島が機能するかの点検の意味を込めて、会合はわざわざ島を動かして開催している——ワタシの推理は以上です！」

完璧《かんぺき》だと思う。

スライム以外に話を広げるなという姿勢。

そのくせ、どうでもいい話をしてるだけの理由。

浮き島を動かす意義。

ばらばらのカケラが一つにまとまった。

わからないものの意味が明るみになるということは、こんなにも気持ちいいんだな。

賢スラさんが文字盤の上を動く。「お見事」とでも打つのだろう。

しかし、文字盤を動いて作ったのは「惜しい。理由が全然違う」の言葉。

師匠は座ったまま、両手を高々と挙げました。

「この島に軍事的な力なんてないですよ。ひらべったすぎて隠れる場所もありませんし。魔法使いにしろ、ドラゴンにしろ、島の上空に来たら、おしまいです。活用方法はありますけど、隠すほどじゃないですね」

「だったら、浮き島を隠す理由は、『島を勝手に動かしてると知られたら騒動になるから』とかってことですか？　それだったら思わせぶりに尋ねないでほしかったんですけど」

それも間違いではないが、当たり前の範疇《はんちゅう》なので、聞くまでもない。

「いえ、この浮き島が持ってる秘密に魔族も人間も誰も気づいてないので、世間に知られるまでは黙っておくことにしようとスライムの間で決めているんです」

浮き島が持っている秘密？

「浮き島が存在していること自体が秘密という意味ではないですよね？」

「違いますよ。ちなみに、この浮き島は法的にはワタシ、マースラの所有物です」

師匠は自分の顔を指差した。

それからテーブルに置いてあった紙をめくって、こちらに見せてきた。

船舶所有許可証

・船舶名
浮き島

・ほかの船舶との見分け方
見た目が小さな島

上記の船舶を所有していると認める

王国運輸局　王国運輸局

「ちゃんと登録されてるんですか！」

ていうか、こんなの、船舶扱いで登録できるのか。あからさまにイレギュラーだが。

「もし、もっと巨大なら話も変わったと思いますけど、小さな島ですからね。船とみなしていいだろうと判断されたようです」

「何十人も島の上に住みだしたら、住民税を取るために『船じゃなくて島として扱う』って言ってこられるかもしれませんけど、現状、船として使ってますしね」

ブッスラーさんの口ぶりだと、過去に家でも建てようとして、運輸局に確認したのだろう。

とにかく、浮き島であることは隠されてはいないので、ほかにも何か秘密が残っているということになる。

ワタシは島の周囲を見回した。

これはおかしいというものはない。見回す程度で気づく異常なら、船舶として認められないし。

ワタシはため息を吐《つ》いた。

「降参です。この浮き島の秘密とはいったい何なんですか？」

すると、会合の参加者の一人（人に見えるけどスライムなんだろう）がスコップで土を掘りだした。

死体が埋まってるなんてことはないな？　それは表沙汰にしてはいけない理由としては合っているが、そんな秘密は共有したくない。

しばらく掘ると、スコップの手つきが慎重になってきた。

財宝が隠れているということもありうるのか。深く隠すのに不適な地質だとしても、島そのものを動かせるなら話は違ってくる。

「よし、到着した」とスコップを持った人が言った。

足がちょうど埋まるか埋まらないかといった深さだ。その下の地層に何かあるのか。

「シローナさん、触ってみなさい」

師匠に言われたので、ワタシは穴に入って、掘られた下の地面に触れてみた。

ぷにっ。

なんだ？　やけに弾力性がある地面だな。こんな岩も土も聞いたことはない。

「まだわかっていないようですね。その手触りで思い当たるものといえば？」

「これに近いものですか？　スライムは近い気がしますが――――えっ？　まさかスライム？」

一同が楽しそうにうなずいていた。

「シローナさん、この浮き島は大きなスライムなんです。我々は島スライムと呼んでいます。スライムが島になってしまっている、こんなケースは魔族も人間もまだ見つけられていないので、黙っていることにしてるんです」

師匠が話している間、ワタシはぷにぷにした感触を確認していた。

言われてみればスライムだ。

「高原の家に住むスライムの精霊さんたちは研究者気質でしょう。学会に発表しようとすると思うんですよね。自力で見つけだして発表するならいいけれど、スライムの知り合いからの話で知るというのはフェアじゃないなって思うんですよ」

「スライムしか知らないスライムの秘密が世界に残っているというのも、気分がいいですしね」

ブッスラーさんが「月謝不要」というスライムの一匹を抱きながら言った。

わかってしまえば、他愛《たあい》ない話だ。知って後悔するような真相ではなかったし、よかった。

けど、ワタシは一点、納得がいかないところがある。

「こんなの、考えたってわかるわけないですよ！」

ワタシが叫《さけ》んだのが島スライムに聞こえたのか、また足下が揺れた気がした。

「すみませんね。難しすぎました。それでも浮き島であることまで自力でわかったのだから、たいしたものですよ」

師匠がぱちぱちと拍手をした。

「この島はワタシの持ち物ですし、もっと外に出ろという弟子の言葉に従って、この島を別荘代わりにしてもいいかもですね」

「ぜひ、そうしてください」

荒れた山にある工房よりは思索もはかどるだろう。

弟子の言うことを聞いてくれて、ワタシも悪い気はしない。

◇

後日、お姉様たちの住む高原の家に行った時のことだ。

訪れた理由がシロクマ大公とケンカしたからというのは恥《は》ずかしいが、そこは置いておく。

シャルシャお姉様は本を読みながら、不服そうな顔をしていた。

「どうかされましたか?」

「この本には、スライムについてわからないことは、もはや発生の仕組みぐらいであると書いてある。だが、シャルシャはそうは思わない。シャルシャからすれば、わからないことだらけと言っていい。自分の把握できる範囲が世界とほぼ等しいと考えるのは傲慢《ごうまん》」

どうやらスライム研究の本であるようだ。

研究内容は知らないが、スライムが島になっていることすら知らない著者がスライムのことは大方わかったと思っているのは滑稽《こっけい》だ。

まさに井戸の中に住んでいるカエルが、世界はなんて狭いのだろうと考えているようなものだ。

「ワタシもそう思います。人間も魔族もスライムのことをろくに知っていません。まだまだ未知の生態が隠されていますよ」

シャルシャお姉様はワタシの目をじっと見返した。

「シローナさんは冒険者。きっと各地のスライムのわずかな違いも知っているのではないかと思う。気づいたことがあれば、どんな細かいことでもいいので教えてほしい」

ここで島スライムについて話せばきっと喜ばれるが……………フェアでないという師匠の心はわかる。

「まあ、わかることがあったら、またお教えしますね」

敬愛するお姉様にウソをつくのは心が痛むが、ここは我慢《がまん》しよう。

終わり

あとがき

お久しぶりです、森田季節《もりたきせつ》です！

はっきり言ってこれだけ巻数を重ねてくると、あとがきで書くネタもとくにないです。

というわけで今回は、作中で出した土地のモチーフにした場所について話します。

必然的にネタバレになる面があるので、ネタバレがダメな人は先に本編を読んでくださいね。まあ、ネタバレがダメな人が先にあとがきから読むことはない気もしますが……。

この巻であれば、鉱山の遊園地だとか、そこそこ南のほうだけど南国と言うほどでもない土地（外伝の場所）だとかが出てきます。

異世界を舞台に書いてるほかの作家さんがどうしてるかは知らないのですが、こういう架空の場所もなんらかの自分の経験や記憶を元にして作っています。

まず、微妙に南国の土地のほうですが、これは瀬戸内海のあたりの土地をモチーフにして書いています。みかんやオリーブが採取できるけど、完全な南国というほどではないというエリアです。

作者がギリギリで瀬戸内海と言えなくもない土地の生まれなので、そういう経験が役に立っています。地球とつながりもない異世界が舞台ですがモチーフの場所はたいていふんわりと実在しているので、これはこのへんの土地を元にしているのではないかなどと想像しながら読んでいただけると面白いかもしれません。

――と書いてきたものの、よく考えたら遊園地にはほぼ行ったことがないので、遊園地は経験を元にできてないですね……。いきなり例外にぶち当たってます！

しかし、遊園地に関しては裏技がありまして……平日午前にやってるテレビのバラエティにやたらと遊園地やレジャースポットにばかり行く番組があるんですね。レジャースポットというのは、巨大なアスレチックがあったり、大きなボールの中に入って坂を転がったりするみたいな遊びができる系統のものです。ああいう場所の一般名詞がわからないので、ふわっとした表現ですが……。

そういう遊園地やレジャースポットにしつこいぐらいに行きまくる番組があるので、メールチェックをしたりしながらテレビをつけていると意外と情報が入ってきます。そういう土地に行くことがまったくない作者としては地味に助かります。

たとえば、現代の高校生のラブコメを書く機会があったとしても遊園地なんてバシバシ出てきますからね。作者はひたすら城跡とか寺社とかに行くために日本中を移動しておりますが、だからといって高校生が城跡や寺社に行くシーンを書くわけにはいかないので（ちなみに、過去に女子高生がひたすら寺社に行く小説は本当に刊行しましたが、全然売れませんでした。それはそうとして、主人公が日本中の史跡に行く小説のお仕事あったら待っております）。

結局、遊園地に関しては実体験に基づいてないということを書いてるだけになってしまいましたがご容赦ください……。

さて、ここからは宣伝などを。

コミカライズ十二巻が十二月に発売しました！

この十二巻がシバユウスケ先生の描く、どことなく神々《こうごう》しいアズサが表紙ですが、これはコミック本編の内容とリンクしていて、ニンタン戦のあたりが収録されております。

つまり、アズサがさらにパワーアップした回ですね。この時は小説のほうでも画期《かっき》にするつもりで書いていたので、漫画で読むことができて作者も感無量《かんむりょう》です。

じゃあ、ニンタン戦の次の画期になる回はどこなのかと問われると、なかなか難しいのですが……強《し》いてあげれば、デキアリトスデ戦でしょうか？　なんだかんだで神様と戦う回は少しだけシリアスになるように書いています。そう考えると、神様キャラはありがたいです。

これは完全な偶然だと思いますが紅緒《べにお》先生のこの巻の表紙も、アズサが神々しいですね。いつもながら素晴らしいイラストをありがとうございます！　最近、ＳＮＳなどで紅緒先生のイラストをよく目にします。もしよろしければ、紅緒先生が活躍されているほかの作品にも注目してみてください。

この巻でも多くの方にお世話になりました。というより、ここまで続いてる時点で、ものすごく多数の方にお世話になっております。もちろんこんなに長く買ってくださっている読者の方にも、本当に頭が上がりません。

次の巻でもなにとぞよろしくお願いいたします！

森田季節

GAノベル

スライム倒して300年、知らないうちにレベルMAXになってました22

2023年1月31日　初版第一刷発行

著者　森田季節

発行人　小川 淳

発行所　SBクリエイティブ株式会社
〒106-0032　東京都港区六本木2-4-5
03-5549-1201　03-5549-1167（編集）

装丁　AFTERGLOW

印刷・製本　中央精版印刷株式会社

ISBN978-4-8156-1873-5
Printed in Japan

ファンレター、作品のご感想をお待ちしております。

〒106-0032　東京都港区六本木 2-4-5
SBクリエイティブ株式会社
GA文庫編集部 気付

「森田季節先生」係
「紅緒先生」係

本書に関するご意見・ご感想は
下のQRコードよりお寄せください。
※アクセスの際に発生する通信費等はご負担ください。

https://ga.sbcr.jp/

第16回GA文庫大賞
GA文庫では10代～20代のライトノベル読者に向けた
魅力溢れるエンターテインメント作品を募集します！
物語が、華ひらく。
イラスト／風花風花
大賞賞金300万円+コミカライズ確約！
◆募集内容◆
広義のエンターテインメント小説（ファンタジー、ラブコメ、学園など）で、日本語で書かれた未発表のオリジナル作品を募集します。希望者全員に評価シートを送付します。
※入賞作は当社にて刊行いたします　詳しくは募集要項をご確認下さい
リニューアルで選考課程を一新!!!
応募の詳細はGA文庫公式ホームページにて
https://ga.sbcr.jp/